Doris Anselm

und in dem Moment holt meine Liebe zum Gegenschlag aus

Doris Anselm

und in dem Moment holt meine Liebe zum Gegenschlag aus

Erzählungen

Luchterhand

Inhalt

einer kalten Natur

Die Fäden verlaufen nicht mehr nur unter dem Wald und den Feldern. Sie haben den Stadtrand erreicht. Ihre dünnsten Spitzen tasten schon in den Leib der Metropole.

Familie Schwarz hatte die Stadt nicht tastend, sondern in Entschiedenheit verlassen, war sichtbar ausgezogen, eine Autostunde fort. An den Wald heran, oder hinein, darüber stritten die Eltern in letzter Zeit öfter. Auch über die Gifte, die bestimmt oder doch nicht im Essen gesteckt hatten. Gifte, die es nun nicht mehr geben sollte, die es seit bald vier Jahren nicht mehr gab. Kurz nach ihrer Ankunft war Tobbi geboren worden, Tobias, frei von allem. Jana Schwarz rief eine Hebamme, die in bunten Kleidern aus dem neuen Dorf hinter der Hügelkuppe kam. Auf dem Fahrrad. Die Hebamme verbrannte Beifuß und Himbeerblätter. Der weiße Kunststoffkasten, den sie ebenfalls dabeihatte, blieb zu. Jana wollte nichts davon, nur Hergebrachtes, auch noch, als sie schrie. Einmal in den vielen Stunden der Geburt wurde die Hebamme blass: als Jana einfach aufhörte mit allem. Tobias halb geboren und plötzlich blutige Stille. Dann bewegte sich das Kind, der Mutter fiel wieder ein, dass sie lebte und was zu tun war. In der Küche hielt sich Christoph an dem Metallstrang fest, der um den alten Herd lief. Seine Frau bewies ihre Stärke, so wie er seine bewiesen hatte. Einen Sohn zeugen, ein Haus bauen … oder immerhin kaufen. Einen Baum brauchte er nicht zu pflanzen, Bäume gab es hier genug. Zu viele. Er ließ den Herd los und ging nach oben. Luise, zweijährig und in der Stadt geboren, tappte zur Mutter, als sie durfte. Sie wollte das Baby streicheln, aber Jana hob es weg, hoch über ihren Kopf.

Das Wasser presste Stöckchen und Laub dicht zusammen, es stieg mit einem neuartigen Gurgeln. Luises Staudamm hielt. Sie kauerte am Bach, neben ihren durchweichten Knien hüpfte Tobbi und klatschte. Seine Sprünge ließen den Boden federn. Es hatte tagelang geregnet. Seit gestern Nachmittag erst war das Leuchten im Moos wieder da, Tobias konnte sehen, wie es glomm. Der Sonnenschein kam in Wirklichkeit aus dem Moos, das wusste er. Mama hatte gelacht, als er es erklärte, dann hatte sie Papa angesehen und mehrmals langsam genickt. Seine Schwester hatte *Quatsch* gesagt.

Jetzt beachtete sie den Staudamm nicht mehr. Tobias hörte auf zu hüpfen und folgte ihrem Blick hinunter zum Auto, das knurrend wie ein böser Hund neben dem Haus stand. Papa saß am Steuer und Mama zeigte durch das heruntergelassene Fenster auf sein Gesicht, wieder und wieder, als verstünde er einfach nicht, wer er war.

Das Auto fuhr vom Hof. Jana Schwarz rannte nicht, sie ging nur nebenher und rief etwas. Manche Worte gehörten für die Kinder bereits zusammen. *Abmachung* und *deine Idee, Homeoffice* und *gelockt, auf einmal* und *den ganzen Tag.* Jana Schwarz blieb mit zitternden Armen stehen und drehte sich zu Tobbi und Luise um.

Hinter dem Rücken ihrer Kinder schwoll die Erde an. Wie ein feuchter Brustkorb hob sich der Waldboden, platzte hier und da auf, und an ihm hingen Tropfen aus braunem und weißem Fleisch, Tropfen, die zum Himmel fallen wollten, aber sie waren zart verankert in Kiefernnadeln und losem Buchenlaub. Jana griff nach dem Korb an der Schuppenwand. Sie stach mit ihren Füßen auf den Abhang ein, bis sie oben bei den Kindern war.

Diesmal brauchte sie zwei Stunden, bis sie überhaupt etwas fand. Luise barg in ihren kleinen, hohlen Händen Goldröhrlinge, Rotfüße und einen Steinpilz, aber Jana war lange wie blind. Tobbi trabte folgsam neben ihr. Von Krämpfen und Durchfall hatte sie ihm erzählt, Geschichten über gelbe Haut, Verdursten und Verbluten ohne Grund, damit er niemals, niemals, Pilze einfach in den Mund steckte. Christoph hatte sich aufgeregt, aber Tobbi war in Sicherheit. Unter den Füßen der drei griff etwas nach Wurzeln und Felsen.

Das Fadengeflecht verzweigt sich immer weiter. Es ist kein Tier und keine Pflanze, es bekommt von seinen Wirten Zucker, gibt ihnen Mineralstoffe dafür, und hier und da betrügt es sie.

Jana fand einen Maronenröhrling. Sie schnitt ihn und entschied, sich jetzt beruhigt zu haben. Als sie zurückkehrten, stand das Auto auf dem Hof.

Christoph Schwarz aß die halbe Pilzpfanne allein und ohne Brot. Die Kinder guckten. Er stach seine Gabel entschlossen in die festen und in die schleimigen Stücke, wischte Sahne, Zwiebeln und Petersilie mit ihnen auf und schlief gleich nach dem Abwasch oben mit seiner Frau, bevor das Völlegefühl einsetzte. So hielten sie es an Tagen wie diesem, dann gaben sie sich einen spitzmündigen Kuss und löschten das Licht. In die Stadt müsse er vorerst sowieso nicht mehr, sagte Christoph. Jana schwieg.

In der Nacht träumte er, dass er in die Lehre ging, auf einer verfallenen Burg. Der Meister führte ihn durch sein Labor und murmelte Sätze aus einem Buch, das Jana ihm kurz vor dem Umzug geschenkt hatte. Ein antiquarischer Naturführer. *Denn in sieben Tagen wachsen sie, vergehen auch, sonderlich aber kriechen sie herfür, wenn es donnert.* Der Meister hob mahnend den Finger und starrte in Christophs Augen. *Weder sind die Schwämme Kräuter noch Wurzeln, sondern nichts anderes als eine überflüssige Feuchtigkeit des Erdreichs, der Bäume, der Hölzer.*

Christoph senkte den Kopf vor Scham, obwohl er nicht wusste, wofür er sich schämte. Der Meister hatte plötzlich Tobbis Kindergesicht, monströs gealtert. *Und wächst er auch neben faulen Hölzern, ist er einer kalten Natur, phlegmatisch und roh, und bös für den Leib. So ist es die Natur der Schwämme, zu bedrängen.*

Sein eigenes Keuchen weckte ihn. Unter der Decke war die Luft kälter als darüber. Jana atmete ruhig. Christoph ging auf die Toilette und lag danach noch eine halbe Stunde wach. Als er wieder schläfrig wurde, hörte er, wie etwas umfiel. An der Tür oder im Schuppen. Man müsste endlich ein Regal einbauen.

Es leuchtete noch schöner als am Tag, ganz grün. Tobias schniefte, die Haustür fiel hinter ihm zu. Mama zog ihm bei Regen immer etwas anderes an, aber er wusste nicht, was. An den Füßen war ihm kalt. Er gab acht, nicht über die Schnürbänder zu stolpern. Das Licht kam diesmal aus den toten Bäumen. Vielleicht waren sie mit Leuchtfarbe eingepinselt. So gut war das vom Zimmer aus nicht zu sehen gewesen und Luise hatte wieder ins Bett gewollt. Hinten am Hügel strahlten schwarzgrüne Stämme. Tobias lief auf sie zu.

Spucketropfen fielen auf Luises Gesicht. Ihre Mutter hielt sie an den Schultern fest und schüttelte sie. Luise wischte die Tropfen nicht weg. Sie presste die Lippen zusammen und sah aus dem Morgenlichtfenster. Niemals hätte man Tobbi so geschüttelt. Dann umkreisten sie Vater und Mutter, brachen immer wieder aus der Bahn und schossen auf sie zu. In Luises Mund wuchsen Blätter und Stöckchen, ein Staudamm. In ihren Ohren rauschten die Sätze der Eltern wie spitze Fichten. Warum hätte sie. Warum hätte sie nicht. Sie hätte niemals, auf keinen Fall. Luise machte sich los und sagte: Er wollte ja raus.

Den Wald hatte er immer gehasst, dachte Christoph Schwarz, als sein Knöchel zum zweiten Mal umknickte und er den Namen seines Sohns erst wirklich schrie. Jetzt erst klang es, wie es klingen sollte: schmerzerfüllt, verzweifelt. Er humpelte weiter. Felder, Wiesen, Bäche, in Ordnung, aber der Wald, nein, der Wald war zu viel. Bloß sagte man das nicht, wenn man ins Umland zog. Man sprach davon wie von einem Investment. Der Wald als geheime Ressource fürs Familienleben. Aber er hasste den Wald, dachte Christoph, sollte Jana ihn lieben, er selbst hatte ihn immer gehasst, gehasst, murmelte er, als er längst auf der anderen Seite des Hügels stand und es fast Mittag war. Dann fand er Tobbi.

Während später die Familie im Licht von Neonröhren wartete und eine Schwester den Puls des unterkühlten Jungen maß, schmiegten sich luftdünne Fäden an die Grundmauern des Hauses. Sie berührten den Boden unter dem Geräteschuppen und prüften die Festigkeit der Holzbank im Garten.

Auf der Bank sitzt schon lange niemand mehr. Sie leuchtet jede Nacht, zart und grün.

Juls Hände

Zwischen den weißen Rissen in der Nacht, den Stämmen von Birken, mussten irgendwo unsere Fahrräder liegen. Ich sah nicht einmal Jul. Sobald er sich im Wasser von mir wegdrehte, schluckte das Schwarz ringsum das Schwarz seiner Haare und verbarg ihn. Stattdessen trieb sein Duft auf der Oberfläche zu mir. Von Badesachen hatte niemand etwas gesagt. Jul nicht und ich schon gar nicht. Er hätte es sofort durchschaut, es wäre mein Geständnis gewesen. Nachträglich oder nicht. Am Ufer hatte er mir die Hand hingestreckt, aber ich war weitergegangen, den Blick geradeaus. Durch meine Zehen quoll Morast. Im Tiefen wird es besser, hatte Jul gesagt. Ich zog die Füße aus dem Matsch und schwamm drauflos. Es plätscherte. Jul erschien ein paar Meter vor mir und legte sich auf den Rücken. Das Licht überzog seine Schlüsselbeine mit Aluminium. Es gibt diese weich geschwungenen Metallklappen im Flugzeug, mit denen man den Sicherheitsgurt löst. Dazu genügt ein einziges, streichendes Anheben der Fingerkuppen. Ich änderte die Richtung. In einem großen Bogen kraulte ich zur Mitte des Sees. Du siehst wie eine Wasserleiche aus, rief ich von dort, aber der Satz blieb an den kleinen Wellen hängen, als wären sie trocken und stumpf. Mädchen, komm her. Ich trage dich. Jul schwamm entschlossen auf mich zu. Der Schreck presste alle Luft aus meinen Lungen, ich ging unter, hörte, wie es aus meiner Nase blubberte, ich trudelte und stürzte, fadentief, metertief, ich schloss die Augen, so fest ich konnte, und dann stieß mein Fuß gegen etwas Kaltes.

In dem Sommer trugen die Männer und Frauen der Stadt fast das Gleiche. Schmale Hosen, zarte Lederschuhe, Hemden, so dünn und ausgeleiert, als gehöre es sich nicht, jemals etwas darunter oder darüber zu ziehen. Was für ein Jul, hatte ich gefragt und Arthur hatte geantwortet, wenn wir alle helfen, geht es ruckzuck. Arthur half jedem, auch wenn er ihn kaum kannte. Er hatte einfach Kraft übrig. So war es schon immer. Auf einem lange vergangenen Spielplatz hatte seine Kraft Schläge abgewehrt, die für mich bestimmt waren. Er sagte erst danach: Ich heiße Arthur. Ich bin acht. Und du? Aus diesem einfachen Grund schleppte ich heute, ich war achtundzwanzig, Umzugskisten durch ein fremdes Treppenhaus. Wir hatten eine Kette gebildet. Die Kartonpappe zog alle Feuchtigkeit aus meinen Händen. Wenn ich zwischen den Stockwerken stehen blieb, brannte sich das Fensterkreuz in meinen Rücken. Arthur stapfte die Treppe hinauf, als wäre sie eine Sanddüne. Einmal trug seine Freundin Karli eine Vase mit Blumen an unserer Kistenkette vorbei. Darf ich, Schatz? Die ist zerbrechlich. Arthur drückte sich grinsend und umständlich an die Wand und sah Karli nach. Sie verhielt sich stets, als sei sie seit drei Jahren mit ihm zusammen, und er, als hätte er sie vor drei Tagen kennengelernt.

Plötzlich kamen keine Kartons mehr. Stattdessen sprudelte ein Lachen zu uns hoch. Es war ein männliches Lachen und trotzdem hatte es dieses Sprudeln. Ich sah durchs Fenster auf den Fußweg. Um die Waschmaschine standen die anderen Helfer und stritten. Nur einer lachte. Er war groß, hatte blassrote Wangen, katzenschwarzes Haar und wirkte so entspannt und unbeteiligt, als hätte ihn der Wind zufällig in diesen Streit hineingeweht. Das ist Jul, sagte Arthur. Glaube ich jedenfalls. Wir standen nebeneinander am Fenster und sahen, wie einer der Helfer mehrmals den Kopf schüttelte und sich zum Gehen wandte. Da legte Jul ihm die Hand auf die Schulter. Er hielt ihn nicht fest, das konnte ich von oben erkennen. Die Hand lag nur da. Wenig später wurde die Waschmaschine an mir vorbeigetragen. Wir waren fertig. Jul kam die Treppe hoch, mit leeren Händen und trockener Stirn. Er war schmaler, als ich beim Blick aus dem Fenster gedacht hatte. Mädchen, sagte er und lächelte, als sei er nur da, um mich abzuholen, Mädchen, komm, du musst was trinken. Offenbar fragte er sich keine Sekunde, wer ich war und warum ich bei seinem Umzug half. Ich half, weil er umzog. Ich wurde zu einem Mädchen, weil er mich so nannte. Ich war achtundzwanzig und meine Füße folgten ihm in die Wohnung. Drinnen war es noch heißer als im Treppenhaus. In der Küche enthüllte Jul drei Tabletts voll Essen, schien aber keine Ahnung zu haben, wie sie dort hingeraten waren. Oh, das sieht köstlich aus, rief er. Auf den Tabletts stapelten sich winzige Rollen mit Fisch und Fleisch, gegrillte Spieße, halb geschmolzene Schokoladentrüffel. Wir setzten uns auf die Kartons. Zu trinken gab es Rhabarbersaftschorle. Arthur kaute bedächtig. Karli leckte sich Schokolade von den Fingern und schloss die Augen. Die übrigen Helfer, die Jul besser kannten als wir, mussten schon gegangen sein. Vielleicht hatten sie das Essen hergebracht. Jetzt bekamen sie nichts davon. Jul saß auf dem Boden und streckte die Beine. Ein Salamander auf einem Mauervorsprung in der Sonne. Ich trank einen Schluck. Alle warteten, dass es kühler wurde.

Was machst du denn, Mädchen, fragte Jul, als ich zurück an die Oberfläche kam. Ich hustete. Da ist was unten, keuchte ich, griff nach meinem schmerzenden Fuß und planschte übertrieben, weil ich froh war über die Ablenkung. Etwas aus Metall. Ein Fahrrad, sagte Jul. Fahrräder landen oft in Seen. Wir holen es herauf. Wozu brauchst du ein zweites Fahrrad, fragte ich, aber er war schon verschwunden. In der nächsten Viertelstunde tauchten wir abwechselnd und zerrten blind an dem Metallstück, das Jul für den Lenker hielt. Es war gut, beschäftigt zu sein. Wir riefen Anweisungen, und die Worte blieben nirgends hängen, sie klangen auf dem Wasser ganz normal. Du musst in der Mitte ziehen! Mehr zu dieser Seite! Es könnte von Pflanzen überwachsen sein … Jetzt löst sich was! Karli und Arthur haben sich getrennt! Als ich verstand, was Jul da gesagt hatte, im gleichen Tonfall wie alles zuvor, war er schon wieder untergetaucht. Meine linke Wade verkrampfte sich. Ich schlug mit den Beinen. Eine Wolke musste sich vor den Mond geschoben haben. Um mich wurde es völlig schwarz.

Zwischen den Kartons erschien, als es Abend wurde, eine dickwandige Flasche. Wir spielten ein Trinkspiel und es kam mir vor, als ob Jul dauernd die Regeln änderte. Die Flasche war so schnell leer, als hätte sie ein Loch im Boden. Karli folgte Jul in die Küche, um eine neue zu holen. Sie kicherte pausenlos. Später stand sie mit Arthur auf dem Balkon. Er zog hart an seiner Zigarette, blies den Rauch an Karlis Gesicht vorbei und schubste ihre Hand von seinem Ärmel. Sie ließ ihn stehen, kam wieder herein, nahm die Flasche und schenkte allen nach. Dann riss sie ihr Glas hoch, weit über den Kopf, wie um dem lieben Gott zuzuprosten. Ihre Bluse rutschte nach oben. Karli schwankte. In diesem Moment trat Jul auf sie zu, nahm ihren Arm, den, den sie nicht erhoben hatte, und legte ihn vor ihre Brust, als hielte sie ein dickes Buch. Sie ließ es geschehen. Er fasste unter ihr Kinn und zog es leicht nach oben. Eine bezaubernde Freiheitsstatue, sagte er. Karlis Augen blickten ernst in die Ferne des Atlantiks. Dann trank sie aus und sackte zusammen. Das Glas rollte über den Boden. Ich dachte, sie würde sich übergeben, doch Karli kauerte sich hin, zog einen Ellbogen zum Knie und stützte den Kopf grübelnd in die Hand. Die Pose haltend sah sie zu Jul auf. Ihre Blicke maßen sich aneinander. Das ist einfach, sagte er. Rodin, der Denker. Karli löste die Pose, stieß Jul mit der Faust an und lachte. Ich sah, wie Arthur hereinkam und die Balkontür hinter sich zuschlug. Er beachtete niemanden und goss sein Glas so voll, dass es überschwappte. Jetzt die Venus, sagte Jul und half Karli mit galanter Geste auf. Sie überlegte, stellte ein Bein vor, legte den Kopf schräg und fasste sich an die Brust, als ob sie eine Haarsträhne darüber zog. Ihr Haar reichte nur bis zur Schulter. Die andere Hand hielt sie zwischen ihre Beine, wie um ihre Blöße zu bedecken. Ihre

Lider flatterten. Jul betrachtete sie fasziniert, bis Arthur aus einer Ecke sagte: Ist gut, Karli. Sie reagierte nicht. Venus war aber nackt, bemerkte Jul. Ohne zu zögern griff Karli nach dem Saum ihrer Bluse und zog ihn über den Kopf. Die Bluse ließ sie neben sich fallen. Ihre kleinen Brüste waren vorn spitz und rot wie Radieschen. Ist gut jetzt, sagte Arthur. Karli knöpfte ihre Hose auf. Jul half ihr vorsichtig heraus, ohne sie mehr als nötig zu berühren. Karli nahm ihre Haltung wieder ein, sie trug ein blaues Höschen, auf dem ihre Hand kindlich und unversehrt aussah. Bist du stolz auf ihren Körper, fragte Jul mit Blick in Karlis Augen. Es dauerte einen Moment, bis Arthur antwortete: Ist doch ein geiler Körper. Und nach einer weiteren Pause: Sie zeigt ihn gerne. Karli ließ die Arme fallen. Sie raffte ihre Kleider zusammen und verfing sich beim Anziehen in einem der Hosenbeine. Jul lachte und räumte leere Gläser weg.

Ich zog an meinem Fuß, um den Krampf zu lösen, schluckte Seewasser, hustete. Jul blieb lange unter Wasser. Ich dachte schon, er habe mich vergessen, mich und die Notwendigkeit, zu atmen. Als er auftauchte, sagte ich: Und diese Trennung hat mit Dir zu tun, ja? Ich wartete seine Antwort nicht ab, sondern füllte meine Lungen bis zum Äußersten. Diesmal war ich viel schneller unten. Das Metallstück lockerte sich unter meinem heftigen

Rütteln. Es war ganz sicher kein verdammtes Fahrrad. Ich kam hoch und verlor die Orientierung. Juls Stimme war irgendwo hinter mir. Ja, das ist wohl so, sagte er in nachdenklichem Ton, aber ich hörte, dass er lächelte. Karli, dachte ich. Jul und Karli. Zwei Katzen. Das stimmt doch nicht, sagte ich und ruderte mit den Armen, um mich zu ihm umzudrehen. Das stimmt nicht. Ich japste, sagte es noch einmal, damit es Wahrheit würde. Du lügst. Karli hätte nie … sie hätte Arthur nie wirklich betrogen. Sie ist viel zu anhänglich. Ich stoppte in der Drehung. Juls Gesicht war keine zwei Handbreit von meinem entfernt. Sein Mund stand offen. Er lächelte nicht mehr. Er sah verblüfft aus. Für einen Moment hörte ich nur das bewegte Wasser und mein eigenes Keuchen.

Nach Juls Einzug wurde die Hitze so schlimm, dass ich mir eine Zehnerkarte fürs Freibad kaufte. Ich schwamm jeden Tag vor der Arbeit. Das Bad öffnete um sechs. Es gab ein paar andere Frühschwimmer, aber wir störten einander nicht. Der Chlorgeruch haftete an der Haut meiner Arme und umgab mich im Büro wie ein Schutzschild. Eines Morgens traf ich nach dem Schwimmen Jul und Arthur. Ihre Silhouetten tauchten im Gegenlicht vor mir auf, ganz hinten auf der gleißenden Straße. Es war noch wenig Verkehr. Ich erkannte die beiden sofort: Juls flüchtige und Arthurs kraftvolle Bewegungen. Beim

Gehen drifteten sie auseinander und stießen dann wieder beinahe zusammen. Sie trugen Anzüge. Jul war Arthur zugewandt, redete fröhlich auf ihn ein und berührte ihn am Arm. Lachend wich Arthur aus. Ich stoppte mein Fahrrad direkt vor ihnen. Mädchen! Jul strahlte. Er trug zwei Stoffblumenketten um den Hals. Arthur überlegte offensichtlich, wer ich war. Er sah zwischen Jul und mir hin und her. Wir waren, stieß er schließlich hervor, aus. Aus, wiederholte er und nickte vor sich hin. Er hatte eine Fahne. Ist Karli schon zuhause, fragte ich. Neinneinneinnein, sang Jul, und Arthur winkte ab: Warnichmit! Jul issein ganschlechter Umgang. Entsetzlich, flüsterte der, griff sich an die Brust, bekam eine der Blumenketten zu fassen und warf sie mir über, ohne mich auch nur zu streifen. Die Blumen fielen weich auf meine Schultern. Jul führte Arthur an mir und dem Fahrrad vorbei und lächelte mir zu. Seine Hand lag auf Arthurs Rücken. Die beiden entfernten sich.

Das Schwarz um uns stockte. Als es absolut stillstand, fing Jul wieder an zu lächeln. Wieso Karli, sagte er. Ich glotzte. Mein Mund lag unter dem Wasserspiegel. Ach, es war ganz …wunderbar, sagte Jul mit einem tiefen Ausatmen, fast einem Seufzen. Er versank ein Stück im Wasser, holte schnell Luft und sprach weiter: Ein interessanter Mann, stark, konsequent …leider auch etwas überstürzt. Ich lasse ihn künftig besser in Ruhe. Komm. Gleich haben wir es. Er tauchte. Ich starrte auf die Wellen, die über ihm zusammenschlugen. Sie wurden zu Stahl. Wenn Jul versuchte, aufzutauchen, müsste die Oberfläche ihm den Schädel zertrümmern. Los, Mädchen, hilf mir. Er hielt sich mühsam über Wasser. Ich griff zu. Wir schleppten das Metallteil ans Ufer. Was ist das denn, fragte Jul. Ich watete um das Ding herum. Es war ein Kronleuchter. Die unteren, größten Arme waren abgebrochen, doch an den oberen hingen sogar noch geschliffene Glastropfen, mit grünen Schlieren überzogen. Sensationell, raunte Jul und wischte einen der Tropfen mit dem Daumen ab. Das Glas fing das Mondlicht ein, stärker als die weißen Baumstämme ringsum. Nicht so stark wie Juls Haut. Ich sah weg. Wir griffen nach unseren Kleidern. Es war immer noch heiß. Weil mein Fahrrad einen Korb hatte, transportierte ich den Leuchter. Jul fragte mich, wo er ihn aufhängen sollte. Ich sagte: Im Wohnzimmer. Im Schlafzimmer. In der Küche. Dabei dachte ich an Karli, die an einem Sommermorgen allein im Bett lag. Und an Arthur, dessen Stärke aus der absoluten Sicherheit bestanden hatte, mit der er wusste, wer er war.

Bei der Arbeit angekommen legte ich die Blumenkette auf den Schreibtisch. Sie war so leicht, dass sie im Luftzug hin und her rollte. Als ich Jul das nächste Mal traf, sah er mich von oben bis unten an und sagte: Morgens schwimmen ist einfach das Beste. Ja, sagte ich. Ich habe eine Zehnerkarte, du könntest – aber dann sah ich Juls weißen Körper im Chlorwasser vor mir und verstummte. Das klingt berauschend, sagte er und ging. Von nun an achtete ich darauf, dass meine Karte immer mindestens zwei leere Stempelfelder übrig hatte. Die Wochen verdorrten, ein ganzer Monat zerfiel zu Staub, Arthur meldete sich nicht. Ich schleppte mich durch die Stadt und dachte an Jul. Meine Gedanken zogen komplizierte Schleifen wie ein Segelflugzeug, das am Himmel kreiste. Zum Beispiel dachte ich häufig darüber nach, dass Jul mich noch nie berührt hatte, aber möglichst selten darüber, wie ich das fand. Eines Abends merkte ich, dass dieses Segelflugzeug ein Spruchband hinter sich herzog. Ich stoppte mitten auf der Straße und las: Du kannst dich genauso gut in einen Korb Kirschen verlieben. Ich wusste sofort, dass es stimmte. Ich konnte auch mit einer schönen Landschaft schlafen wollen. Es war auf eine Art verständlich und zugleich auf alle Arten sinnlos. Ein Autofahrer hupte mich an. Ich stolperte rückwärts auf den Bürgersteig. Als ich weiterging, hatte die Hitze etwas nachgelassen. Ich machte mich auf den Heimweg. Meine Arme und Beine waren leicht. Keine drei Minuten später traf ich Jul vor einer geschlossenen Drogerie. Als hätte ich ihn gerufen. Er sagte: Heute gehen wir schwimmen. Aber, ich stammelte, es ist nach neun, da hat – die haben zu. Und er sagte: Nicht im Schwimmbad. Im See.

Ich nahm den Kronleuchter mit nach Hause, weil der Weg zu mir kürzer war als zu Jul. Bei nächster Gelegenheit wollte ich ihm das Ding mitbringen. Jul gab eine Party. Ich wusste schon vorher, dass ich dort niemanden sonst kennen würde. Arthur war verreist. Er hatte mir nicht gesagt, wohin. Zu der Party kam ich so spät, dass ich keinen Anschluss mehr fand. Neue Leute umspülten Jul wie Plankton. Bevor ich mit ihm reden konnte, hämmerte jemand gegen die Tür. Es war Karli, und als ich sie sah, fiel mir ein, dass ich den Leuchter zuhause vergessen hatte. Sie ging auf Jul zu, ohne nach links und rechts zu sehen. Sie musste sich Mut angetrunken haben. Hättest du nicht gedacht, rief sie, dass es mich auch noch gibt, was? Oder dass es mich überhaupt gibt? Sie ragte wie ein Mahnmal zwischen den Gästen auf, weiß und starr. Jul sah sie an, und als sie fertig war, berührte er ihren Arm und fragte sanft: Was möchtest du trinken? Zwei Stunden später hing sie an seinem Hals, zwei Tage später sah ich die beiden in der Stadt. Karli sprang wie ein zutrauliches Tier an ihm hoch. Jul zeigte mir seine leeren Handflächen, hob die Schultern und lächelte. Sie liefen an mir vorbei.

Es war also keine bewusste Entscheidung, den Kronleuchter zu behalten, es passierte nur nichts anderes. Auch der Sommer ging einfach weiter. Er fraß sich ins Jahr, verleibte sich Stücke vom Herbst ein und wurde zu einem eigenen Land. Mitten in der Hitze fielen die Blätter der Kastanien ab. Ich traf mich mit niemandem mehr, auch nicht mit Arthur. Wegen seines neuen Jobs, sagte er, sei er meistens müde. Er machte etwas im Schichtdienst, Päckchen zustellen oder Gepäck abfertigen, jedenfalls körperliche Arbeit. Eine Zeit lang überlegte ich, ob ich den Leuchter aufhängen sollte. Dann hätte ich Arthur um Hilfe bitten können. Aber die grünlichen Schlieren waren angetrocknet, so dass die Glastropfen nicht glänzten. Ich hätte jeden einzelnen abwischen müssen, und dafür war mir zu heiß.

Was Würde Amy Tun

Ein digitaler Wassertropfen fällt in eine digitale Tropfsteinhöhle. *Plitsch.* Ich habe eine neue Nachricht. Gerade bin ich aufgestanden, um das Haus für die Nacht bereit zu machen, in anderen Zimmern andere Lampen einzuschalten und sämtliche Fenster zu schließen. Ich bleibe mitten in der Küche stehen. In den bodentiefen Scheiben hängt das dämmrige Standbild der übrigen Villen, der Rasenflächen und Kanäle. Noch eine Stunde, dann wird es das Bild nicht mehr geben, sondern auf dem Glas nur noch mich.

Vorfreude ist angenehm, man kann den ganzen Abend davon zehren. Deshalb lese ich die Nachricht nicht gleich, sondern mache erst meine Runde durchs Haus. Ich stelle mir vor, wer mir geschrieben haben könnte. Freunde. Freunde schreiben einem auch, wenn man sich lange nicht gemeldet hat. Gerade dann. Ich rüttele an der Terrassentür. Da gab es letztes Mal Probleme mit dem Schloss. Ich lüfte jeden Tag, ziehe den Staubsauger zweimal wöchentlich durch alle Räume und harke das Laub unter den Weiden am Wasser. Auf dem Kanal schaukelt das Boot. Sicher vertäut, dafür garantiere ich. Boote und Betten lasse ich in Ruhe. Auch auf die Sofas setze ich mich nicht. Sie sind fast immer aus Leder. Ich begehe keine begehbaren Kleiderschränke. Ich stehle nicht. Ich bewache die Ruhe, auf die es in der Siedlung Anspruch gibt. Auch, wenn gerade niemand da ist. Diesmal wohne ich in einer zweistöckigen Villa. Seit drei Wochen bin ich hier. Das Ledersofa ist dunkelgrau. Ich gehe zurück in die Küche und öffne meine Nachricht.

Hab dich gefunden. Erinnerst du dich? Was hast du getrieben die ganzen Jahre? XOXOX Amy

Die Nachricht ist auf Englisch. Einen Moment tue ich vor mir selbst so, als ob ich nicht wüsste, wer Amy ist. Ich staue die Erinnerungen auf wie hinter einer Schleuse. Dann fluten Chlorwasser und Zucker meine Zunge, kalt, prickelnd und köstlich.

Wir sind unter Wasser und sechzehn. Rosa Pflanzen wiegen sich in der Strömung. Sie fließen ineinander, so dass man kaum sieht, dass es zwei sind. Ich halte Amy an den Schultern und sie mich. Riesig und weiß steht ihr Gesicht vor mir, die Augen rund wie Luftblasen.

Wir sitzen am Boden des Pools. Aus unseren Köpfen wächst eine Kirschblütenalge. Wir werden sie trocknen und sie wird noch tagelang ihren Duft ausströmen: Chlor und künstliche Früchte. Es wird herrlicher duften als alle echten Obstsorten zusammen. So werde ich leben. Glücklich.

Das Haarefärben war Amys Idee gewesen. An unserem ersten Nachmittag allein zuhause sagte sie: Wir müssen richtige Schwestern werden. Für ein Jahr. Sie betrachtete unsere Haare. Fast gleich lang, fast gleich langweilig hellbraun. In der Küche rührten wir rotes Limonadenpulver mit wenig Wasser an. Mom and Dad, sagte Amy, würden mich niemals meine Haare färben lassen. Zum Glück. Aber mit dem Pulver kann man sie tönen, das ist okay. Ich zerrieb den Zuckersand mit einem Löffel und sagte nicht, dass ich mir in Deutschland zweimal die Haare gefärbt hatte. Beim zweiten Mal hatte mir meine Mutter geholfen. Ich sagte es nicht, und dann dachte ich es auch nicht mehr, denn durch meine Gedanken zirpte in diesen Tagen eine Frisörschere, kürzte hier, trimmte dort, das Innere meines Kopfes fühlte sich leicht an und sauber. Um die Farbe einwirken zu lassen, setzten wir uns in den Garten. Zum ersten Mal seit meiner Ankunft zeigte das Thermometer an der Wand neben dem Pool 100 Grad und ich rechnete nicht mehr in Celsius um.

Amy trug einen Badeanzug, der auch das Brustbein und die Hüftknochen bedeckte. Seit ich hier war, kam ich mir in meinem Bikini nackt vor. Dass wir die Haare im Pool ausspülen könnten, hatte auch Amy vorgeschlagen. Wegen der Strähnchen. Komm, hörte ich sie sagen, das Chlor gibt deinem Haar eine Erleuchtung. So war es am Anfang: Ich verstand fast nichts von ihrem Englisch, aber alles, was sie sagte.

Auf die Fragen in der High School, ob wir *back in my country* Strom und Alarmanlagen besäßen, nickte ich unsicher und lief rot an, als hätte ich gelogen. Und irgendwann sagte ich nur noch: Ich glaube schon. Ich wusste es selbst nicht mehr. Mein altes Leben wurde zu etwas aus Grimms Märchen. Dunkle Stuben und kräftige Hände, Müllersburschen und ein Schleier aus Braun über Wäldern und Städten. Hier dagegen besaß alles klare, leuchtende Konturen, auch ich, und man konnte sogar versuchen, an einen Jesus zu glauben. Ich glaubte auf jeden Fall an die Sonntage, wenn Amy und ich schwarze Röcke anzogen, das rosafarbene Haar zurückbanden und unsere *Youth Bibles* hielten wie Schutzschilde. Amys Armband lag immer gut sichtbar auf dem Buchdeckel, aber das bemerkte ich in der ersten Zeit noch nicht. Den breiten Weg vom Parkplatz zu dem modernen Kirchengebäude dagegen liebte ich von Anfang an: feinporige, beinahe weiße Betonplatten, auf denen das Gehen wie Gleiten war.

An der Panoramascheibe klebt ein Abziehbild von mir, durch das ich nach draußen sehe. Der Dunst drückt auf die Kanäle. Irgendetwas mit *Venedig* wird die Siedlung auch genannt. Ich habe mich davon überzeugt, dass die Kälte nirgends hereinziehen kann. Es dämmert und ist angemessen still. Noch einmal lese ich die Nachricht. X heißt Kuss und O heißt Umarmung. Amy schickt mir zwei Umarmungen, drei Küsse und Zugriff auf ihre Fotos. Schon beim Ansehen der ersten merke ich, dass etwas völlig falsch verlinkt sein muss. Die Frau auf den Bildern trägt ein zerrissenes, weißes Unterhemd mit Spitzenborte, einen Cowboyhut und in der Hand eine winzige Glasflasche. Auf einem Bild beugt sie sich weit nach vorn. Auch am Ausschnitt ist ein tiefer Riss. Ihre Augen sind rot und glasig. Platinblonde Locken quellen unter dem Hut hervor. Im Hintergrund eine Theke. Das Bild ist in einer Bar gemacht worden. Einer Bar mit *license,* höre ich Amy fiepen, einer Bar also, die sie niemals betreten würde, *I shall never,* das Mikrofon unserer Kirche verstärkt das Fiepen noch. Ich sehe Amy ihre Bluse bügeln vor dem Gelöbnis. Ich sehe, wie Amy zwischen den Schulstunden Erdnussbutterriegel für das *housing project* verkauft. Amy lächelt.

Und da erkenne ich sie auf den Fotos. Ihren rechtschaffenen Mund. Amy hat mir einmal Bilder vom *housing project* gezeigt. Sie fuhr mit dem Finger einen Dachfirst entlang und ich entdeckte, dass die Linie ihres Mundes genauso war wie dieser Dachfirst, den tüchtige Laien nach bestem Wissen und Gewissen errichtet hatten: schief auf eine rechtschaffene Art. Jeden Sommer bauten die Gemeindemitglieder irgendwo im Land Häuser für Bedürftige. Sie selbst wohnten währenddessen in einer Art Camp. Wenn ich volljährig bin, fahre ich mit, sagte Amy. Dann baue ich mein Haus. Ich werde nicht darin wohnen, es wird jemand anderem gehören, aber es wird mein Haus sein.

Ich sehe mir die restlichen Bilder an. Ein Wohnzimmer, rotblaues Licht. Amy presst ihren Hintern gegen den Unterleib eines Mannes. Ein Schlafzimmer. Sie hat einen Fuß aufs Bett gestellt, blickt in die Kamera und zieht einen halterlosen Strumpf aus. Ihr Gesicht ist verzerrt, wie vor Schmerzen, so dass ich eine Sekunde lang glaube, sie zöge sich die eigene Haut vom Bein. Noch eine Bar. Amy versucht, aus einer Flasche, die zwischen ihren Brüsten steckt, Bier einzuschenken. Gartenstühle. Sie hält sich ein Grillwürstchen vor den Schoß und tut, als ob sie damit pinkelt. Sie leckt an einer pinkfarbenen Pistole. Ihre Handgelenke sind auf allen Bildern nackt.

Jetzt muss ich etwas zurückschreiben. Aber ich kann nur an das Armband denken. Und ich habe Durst wie nach einem langen, nutzlosen Streit. Im Stehen trinke ich ein Glas Leitungswasser, spüle das Glas, trockne es ab und stelle es zurück aufs Regal, genau in seinen eigenen, dünnen Kreis aus Kalk. Als ich die Schranktür schließe, ist mein Mund schon wieder trocken. Also mache ich alles noch mal. Von dem kalten Wasser bekomme ich Herzklopfen.

Ich war seit zwei Monaten bei ihnen, als Amy vorschlug, mir ein Armband wie ihr eigenes zu kaufen. Es bestand aus vier Plastikwürfeln, rot, grün, gold und blau, die an einem weißen Gummiband hingen. Jeder Würfel war auf allen Seiten mit einem Buchstaben bedruckt: Auf dem roten stand sechsmal *W,* auf dem grünen ebenfalls, auf dem goldenen stand *J,* auf dem blauen *D.* Wenn Amy sich bewegte, klickten die Würfel gegeneinander. Das Armband entschied Dinge für Amy. Zum Beispiel, wann sie eine Party lieber verlassen sollte. Ob die Shorts, die sie bei *Flawless* anprobierte, gerade noch lang genug waren oder zu kurz. Jetzt erklärte sie es mir. Sie zeigte auf jeden einzelnen Würfel und sagte: Was. Würde. Jesus. Tun. Ich musste lachen. In meinem Kopf blickte ein goldener Plastikjesus kritisch an seinem Körper hinunter. Er trug Amys lila Shorts. Ich merkte, dass sie ernst blieb, aber ich konnte nicht aufhören zu lachen, es tat in der Brust weh und schließlich im Hals, es war wie eine böse, exakte Mechanik, die sich nicht abstellen ließ, vielleicht hätte ich sie mit Hilfe eines Armbands abstellen können, aber es war schon zu spät, es war so schnell zu spät, dass Amy ihren Arm längst weggezogen hatte und aus dem Zimmer gegangen war, als ich endlich verstummte.

Ich setze mich wieder hin, schreibe, so schnell ich kann, und schicke es sofort ab: *Liebe Amy, natürlich erinnere ich mich, wie geht es dir?* Der Satz sieht aus wie etwas, das mir aus der Hand gefallen ist und das ich nicht aufhebe, weil ich zu müde bin. Es ist fast dunkel draußen. Mein Bild auf der Fensterscheibe hat einen Gelbstich, der Raum hängt mir düster um die Schultern. Plötzlich quietschen die Stuhlbeine über die Fliesen, dann bin ich im Flur und reiße den Schlüssel vom Brett.

Draußen schwappt der Kanaldunst schon über die Ufer, fast bis an die Villen. Ich laufe nur wenig herum bei meinen Aufenthalten hier. Es lohnt sich nicht. Auch heute begegnet mir niemand. Hinter einem Panoramafenster, in einem Kamin, dessen Besitzer nicht zu meinen Kunden gehören, kränkelt ein Feuer. Ich bleibe stehen. Fast alle Eigentümer sind zu dieser Jahreszeit in der Stadt oder auf Fernreisen. Wo genau, weiß ich meistens nicht. Auch nicht bei meinen aktuellen Kunden. Ich stelle keine Fragen. Ich habe eine Nummer für den Notfall. Das Feuer brennt weiter herunter. Ich könnte klingeln und fragen, ob ich mich davor setzen und regelmäßig Holz nachlegen darf. Aber ich soll die Villa nicht zu lange leer stehen lassen. Vor allem nachts.

Je mehr von meinem Jahr verging, desto häufiger beobachtete ich verstohlen Amys Handgelenk. Manchmal strich sie mit den Fingerspitzen über das Armband. Sie trug es beim Schwimmen im Pool, aber sie legte es ab, wenn sie duschte. Vielleicht, weil sie dann nackt war und Jesus damit nichts zu tun bekommen sollte. Oder, weil beim Haarewaschen Strähnen an dem Gummiband hängen blieben. Oder, weil Amy wollte, dass ich das Armband auf dem Rand des Waschbeckens liegen sah, arrangiert wie in einem Schaufenster. Die vier Würfel lagen genau nebeneinander und die Buchstaben waren gut zu lesen. Die Badezimmertür stand immer offen, wenn Amy duschte, und ich fing an, ins Bad zu schleichen. Das Wasser rauschte hinter dem Vorhang. Meistens ließ ich die Würfel nur kurz durch meine Finger wandern. Das J auf dem goldenen war fast abgerieben. Einmal schloss ich die Hand um die Würfel und drückte zu, bis meine Knöchel weiß wurden. Danach waren ein paar Druckstellen zu sehen, aber sie verblassten gleich wieder. Also nahm ich das Armband mit in mein Zimmer und presste es auf die Schreibtischplatte, so fest ich konnte. Entweder-oder, dachte ich. Entweder bohren sich die Würfel jetzt in meine Haut. Oder sie brechen. Ich stemmte mich auf das Armband. Der Schmerz blieb mittelstark. Kein Blut sickerte hervor. Stille trat ein. Ich brauchte einen Moment, bis ich verstand, dass es die Dusche war, die aufgehört hatte zu rauschen. Ich wollte das Armband zurücklegen, aber da klatschten Amys Fußsohlen schon auf den Fliesenboden.

Mir ist kalt, als ich die Haustür wieder aufschließe, und meine Schuhe sind feucht. Drinnen ziehe ich sie aus und schiebe sie unter die Heizung im Flur. Ich setze mich in die Küche. Amy hat zurückgeschrieben: *Großartig! Ich habe echt Spaß* Der fehlende Punkt macht mich wütend. Ich habe zehn Jahre lang so gut wie nie an Amy gedacht. Es war mir egal, was sie tat, seit wann oder warum. Es war bedeutungslos. Zehn Jahre lang. Ich schreibe eine zweite Nachricht: *Was für ein Haus hast du gebaut?*

Wir suchten das Armband überall. Dad schraubte das Rohr vom Waschbecken. Am Ende des Tages waren Mom and Dad der Meinung, dass Amy nur geglaubt hatte, das Armband auf den Rand gelegt zu haben, weil sie das sonst immer tat. Amy schrie, sie sei sich aber ganz sicher. Unsinn, sagte Mom, wahrscheinlich hätte sie es schon vorher irgendwo verloren. Ich zog Amy in eine Umarmung. Wenn ich sie trösten könnte, dachte ich, dann bräuchte sie das Armband gar nicht mehr. Sie machte sich los und sagte: Du verstehst das ja nicht. Dann gingen wir schlafen. Bevor ich in meinem Zimmer die Nachttischlampe löschte, warf ich einen Blick auf die mittlere Schublade der Kommode. Sie ragte ein Stück vor. Ich weiß nicht, warum ich kein besseres Versteck suchte. Zwei Wochen später räumte Mom Socken ein und fand das Armband. Sie rief die Familie im Wohnzimmer zusammen und sagte sehr langsam: Wir stehlen nicht. Das war alles. Ich bekam keine Strafe. Amy legte das Armband nicht wieder an und sie kaufte sich auch kein neues.

Von nun an war es still im Auto, wenn Dad uns morgens zur Schule fuhr. Auf dem Parkplatz vor der High School löste Amy sofort ihren Sicherheitsgurt, stieg aus, sagte *Bye, Dad* und warf die Tür zu. Alles in einer Bewegung. Danach waren Luft und Zeit aufgebraucht. Im Auto herrschte ein Vakuum und ich musste so tun, als ob ich darin atmen konnte. Bis ich es schaffte, auch auszusteigen. Meistens gelang es mir nicht gleich, weil ich versuchte, mich auf andere Weise abzuschnallen als

Amy, während Dad mir im Rückspiegel zusah. Beim Aussteigen musste ich ebenfalls *Bye, Dad* sagen, und für diese Worte hatte ich nun einmal keine andere Melodie, keine andere Sprechweise als die von Amy. Die Art, *Bye, Dad* zu sagen, gehörte mir nicht, und während ich sprach, richtete Dad seinen Blick schon auf die Windschutzscheibe.

Nach meiner Rückreise brach der Kontakt sofort ab. Ich machte wieder alles so, wie es zuhause gemacht wurde, ging noch zwei Jahre zur Schule und in keinen Gottesdienst mehr. Einmal versuchte ich es, aber sie hatten den falschen Jesus. Er war wie nasses Holz, wie ich, nicht haltbar und nicht stark. Die *Youth Bible* warf ich weg, als ich in meine erste eigene Wohnung zog. Ein sehr kleines Apartment. Ich habe es immer noch. Aber während des Studiums fing ich an, in den Villen zu arbeiten. Meine Zuverlässigkeit sprach sich bald herum, und ich schaffte es nicht mehr zu allen Vorlesungen. Inzwischen bin ich meistens hier.

Es ist Schlafenszeit. Jedenfalls in meiner Zeitzone. Ich bleibe in der Küche sitzen und warte auf ein *Plitsch*. Ich mache mir ein Käsebrot, esse, wasche Teller und Messer ab und räume sie weg. Die Eigentümer könnten spontan früher zurückkommen, deswegen halte ich absolute Ordnung. Wenn sie jetzt das Haus beträten, hätte ich es in fünf Minuten verlassen, und alles sähe aus wie unberührt. So lebe ich. Abermals überprüfe ich sämtliche Fenster. Setze mich wieder in die Küche. Kein *Plitsch,* keine Nachricht. Dann gehe ich ins Gästezimmer und starre minutenlang auf den Karton mit meinen Sachen. Ich dachte immer, Sachen zählen nicht. Aber vielleicht setzt dieser Gedanke voraus, dass man etwas anderes besitzt, das zählt. Ich nehme den Karton und gehe mit ihm von Zimmer zu Zimmer. Amy hat nie ein Haus gebaut. Ich greife in den Karton und lege meine Strümpfe auf einen Schreibtisch. Den Pullover hänge ich über eine Stehlampe und zum Schluss lege ich meine Haarbürste in den Kühlschrank. Im oberen Bad schalte ich die Brause ein und lasse sie über den Wannenrand hängen. Die Matte zu meinen Füßen ist nach wenigen Sekunden durchtränkt und das Wasser läuft auf die Türschwelle zu. Ich mache einen Schritt zurück, gehe nach unten, stelle mich an den Absatz der Treppe und warte, bis die ersten Tropfen von der obersten Stufe fallen. Dann drehe ich mich um, schalte nach und nach in allen Zimmern die Lichter aus, ziehe meine immer noch feuchten Schuhe an, nehme die Jacke von der Garderobe und gehe. Schon, als ich die Haustür hinter mir ins Schloss ziehe, ist das Rieseln des Wassers kaum noch zu hören. Es wird Tage dauern, bis jemand etwas bemerkt.

Rose und Marille

Von Verlorenen Eiern wird Greta schlecht. Also gibt es das heute. Die Mehlschwitze klumpt und Greta schluckt muffigen Dampf, als sie die Eier hineinrührt. Es kann nicht immer nur nach Gretas Mütze gehen. Fertig. Am Tisch, beim Aufwischen der letzten Soßenschlieren, sind ihre Augen nass vor Übelkeit. Nee, Greta, bettelt sie, das brauchst du allzu bald nicht wieder machen. Und sie lenkt ein: Vertrag ich auch nicht mehr. Das schwere Zeug. Sie stößt auf und hält die Hand nicht vor. Na. Muss das sein. Jetzt guckt Greta wieder streng.

Ganz anders ist es, wenn sie heimkommt. Aus der Stadt zum Beispiel. Dann findet sie meist einen Zettel vor. Ein abgerissenes Kalenderblatt, auf dessen Rückseite zwischen zwei Kugelschreiberherzen steht: Bin in der Stadt. So muss sie sich nie Sorgen machen. Das ist lieb.

Und: Im Café Gärtner kennt man sie. Die zwei Likörgläser kippeln auf dem dicken Schonbezug der Tischdecke. Greta nimmt Rosenlikör, Greta Marille. Es ist wichtig, dass man im Kleinen das kriegt, was man mag. Zum Wohl, kichern die Gläser, zum Wohl, und ziehen ein paar Blicke an. Immer guckt jemand, wenn erst ein Schluck Rose verschwindet und dann ein Schlückchen Marille: Unmöglich! Erst das Anstoßen und dann noch der Geschmack, Marillenrose. Papperlapapp. Die spüren nicht den Frieden in den Bäuchen.

Greta kommt heim. Bringst Du bitte eine Tüte Milch mit, steht auf einem Zettel. Es fehlt das Kugelschreiberherz. Bei Durchsicht ihres Einkaufsnetzes stellt Greta fest, dass sich darin keine Milch befindet. Nun geht es los. Nicht den kleinsten Gefallen kann sie tun, zuhören ohnehin nicht, aber wenn sie extra einen Zettel schreibt, darf sie wohl noch hoffen, dass der gelesen wird. Wir können auch aufhören mit dem ganzen Unsinn, sagt Greta. Die Messer klappern in der Schublade, alle stumpf. Nein, bitte nicht.

Alfred hätte aufgeräumt. Wenn er noch da wäre, wenn er zufällig jetzt gerade da gewesen wäre, hätte er aufgeräumt, er hätte die Messer geschliffen und wäre erst nach getaner Arbeit wieder gefahren, Alfred, der Handelskapitän. Damals hatte es den Unsinn nur gegeben, wenn die Alleinwochen zu lang wurden, monatslang, länger.

Greta hilft Greta aus dem Hausanzug. Sie geht niemals im Streit zu Bett. Im Schlafzimmer ist es nur mäßig dunkel. Aber warm. Auf die Schlaftemperatur hat sie sich einigen können. Warm genug, dass niemandem die Hände kalt werden. Tut mir leid, sagt Greta, die Hand auf ihren Rippen, und Greta antwortet, schon gut. Sie verstreicht die roten Blumen des Nachthemds. Erinnerst du dich noch an Alfred, flüstert sie. Der hatte vielleicht Hände. Aber Greta will an keinen Alfred denken, Hände hin oder her, hin und her, mit oder ohne Alfred, oh, immer noch das beste Mittel, um einen Streit zu vergessen. Es ist schön warm im Schlafzimmer.

In der Haushaltskasse fehlt ein Betrag. Greta hat zweimal ein neues Kalenderblatt genommen, bekritzelt und zerknüllt, sie hat den Taschenrechner gesucht, die Batterien herausgepult, geschüttelt und wieder eingelegt. Papperlapapp. Die Kalenderblätter und der Taschenrechner sind sich einig. Greta muss beichten: Sie hat sich etwas abgeknapst vom Haushaltsgeld und gehofft, dass sie es nicht merkt. Wofür? Das weiß sie gar nicht mehr, sie wollte etwas Gutes tun. Und wem, bitte? Vergessen. Das wird ja immer toller.

Bin beim Arzt, steht auf dem Zettel, als sie heimkommt. Und, fragt sie. Setz dich erst mal hin. Kaum angepackt hat er mich, es packt einen ja kein Arzt mehr an. Ach was. Zu mager bist du, das sieht man auch ohne anpacken. Sie schüttelt den Kopf. Dafür gibt es jetzt Werte. Und die Werte sind schlecht, ganz schlecht. Greta macht Kaffee und trinkt ihn dankbar aus. Da wären vor allem der Kopf und der Bauch. Was ist mit dem Bauch? Ich soll zu einer Spiegelung. Darauf muss Greta etwas antworten. Na, lacht sie zitternd in die Tasse, und der Kaffee schlägt Wellen, du hast ja früher auch keinen Spiegel ausgelassen.

Greta versucht wie jeden Mittag einen Mittagsschlaf, aber sie hat von dieser Trägheit sowas von genug. Trägheit und Müßiggang. Das verblödete Blinzeln über der Einkaufsliste. Das dauernde Aufstoßen. Magen hin oder her, man könnte sich zusammenreißen. Schön anzuhören ist das nicht. Aber das scheint ihr inzwischen egal zu sein.

Ein paar Tage danach, im Wartezimmer, tut es ihr leid. Weil sie ihre Hand so gut hält. Die Linke drückt munter die Rechte, fest, als ob Greta gar nicht leicht kaputt gehen kann. Frau Just, bitte? Nach der Spiegelung schmerzt ihr Hals und sie ist müde, so müde, dass Greta diesmal ihren Willen haben soll: ein Taxi. Auf der Fahrt wird natürlich geschwiegen.

Zuhause kocht sie keinen Kaffee. Wenn man ehrlich ist, und ehrlich sollte man sein nach den Jahren, dann war es schon lange kein Zustand. Da mussten gar nicht erst die Werte kommen. Da wäre vor allem der Kopf. Na und? Wir habe eine Art Spaltung. Ach, das ist doch gar nicht das Problem. Das Problem ist, dass du dich keinen Scheiß mehr für mich interessierst. Greta, sieh es ein. Sie steht vom Küchentisch auf und dreht sich weg. Rückt etwas gerade. Jetzt lass doch den Kalender.

Es wird ein Machtwort gesprochen und eine Entscheidung gefällt. Nur zur Beobachtung. Zuerst schimpft Greta immer mit der Schwester, weil die sich weigert, einen Stuhl ans Bett zu rücken. Für wen denn? Nach ein paar Wochen hört das Schimpfen auf. Greta will nicht, dass Greta sie weiter besucht.

Wenn ich einfach nur weiß, dass du bleibst, wie du bist, murmelt sie, die Augen halb geschlossen, und dass du die Wohnung in Schuss hältst.

Natürlich, sagt Greta.

Und nicht so viele Zettel verbrauchst.

Bestimmt nicht.

Und wenn du mal einen Marillenlikör für mich mittrinkst.

Nee, sagt Greta.

Wieso nicht, murrt es vom Kissen.

Marille schmeckt scheußlich.

Papperlapapp, sagt Greta und dreht den Kopf zur Wand, damit niemand ihr Lächeln sieht. Niemand außer Greta.

Holsteiner

Sag ihm, du hast es dir überlegt, flüstere ich Lora Schmarge auf dem Spielplatz zu. Von diesem Satz wache ich manchmal nachts auf. Aber eigentlich glaube ich gar nicht mehr, dass ich ihn gesagt habe. Es kommt mir vor, als ob alles lange her ist.

Schmarges wohnten hinter uns in einer Senke. Während in unserem Garten Heidekraut raschelte, saugten dort unten Dotterblumen am fetten Moos, das bis an die Hauswände reichte. Im Teich kämpften große Goldfische um Luft. Ich sei mit Lora Schmarge befreundet, hieß es seit der ersten Klasse. Das stimmte aber nicht. Genauso, wie meine Eltern Herrn und Frau Schmarge nie als Freunde bezeichnet hätten, sondern höchstens als Bekannte oder eben als Nachbarn, sah ich auch Lora nicht als meine Freundin. Es war mir peinlich, wenn jemand sie so nannte. Aber bei Kindern gab es kein anderes Wort dafür.

Lora zeigte mir in ihrem Zelt im Garten, wie man es sich machte. Aus dem Stoffdach sahen uns Käfer zu und Flecken, die Gesichtern ähnelten. So, keuchte Lora und hob nach einer Weile ihren Oberkörper vom Boden ab, so fliegt man. Ich roch an meinen Fingern. Sie rochen nach Gras und Schnecken. Das Zelt stand wochenlang in der Senke und wenn ich nicht darin war, hasste ich es von meinem Zimmer aus. Dicke schwarze Haare von Loras Kopf lagen im Zelt, glänzend wie Kabel. Mein eigenes Haar war Fadenwerk. Ich zog mit der Bürste so lange daran, bis meine Mutter sagte, hundert Striche sind genug.

In Loras Zimmer und den Zimmern ihrer Brüder rottete Spielzeug vor sich hin. Selbst Plastik zerfiel bei Schmarges. Es wurde schimmlig und stank, nach einer Weile konnte man mit dem Fingernagel Muster hineindrücken. Lora hatte die Bücher, ihr jüngerer Bruder die Autos, der Ältere einen Werkzeugkasten. In seinem Zimmer war ich nur das eine Mal, aber ich glaube, dass sogar die Lötdrähte auf ihren Spulen aufquollen und keimten.

Wenn es regnete, stellte ich meine zwei Schreibtische um. Sie waren ein Detektivbüro und eine Bank. Mein Vater gab mir Überweisungsformulare, die ich ausfüllte, mit Durchschlag. Ich riss die Zettel auseinander und bewahrte beide Teile sorgfältig auf. Bank spielte ich immer allein. Ein paar Mal hatte Lora gefragt, ob sie mitmachen dürfe. Man muss ordentlich sein, um bei der Bank zu arbeiten, sagte ich.

Bei trockenem Wetter trampelten Lora und ihr kleiner Bruder durch unseren Garten, weil der Spielplatz vorn an der Straße lag. Das Wichtigste dort war das Spinnennetz. Es war rot, haushoch, mehr ein Kokon als ein Netz und man brauchte sieben Sekunden, um ganz herum zu laufen. Loras kleiner Bruder war einmal von der Spitze heruntergefallen. Ich weiß nicht, wie er das gemacht hatte, er war von jedem der gespannten Seile abgeprallt wie von den Ästen eines Baums, tiefer und tiefer gefallen und hatte, als er unten ankam, immer noch genug Schwung, um sich den Kopf zu knacken. Seitdem verdrehte ein älterer Junge, Karol, jedes Mal die Augen, wenn Loras kleiner Bruder etwas sagte, und machte Geräusche, als könne er nicht richtig sprechen.

Ich bin aber sicher, dass wir es nicht deswegen gemacht haben, sondern einfach so. Loras kleiner Bruder war schon vorher nicht besonders schlau und über Karols Witze lachte keiner. Auch nicht, wenn er sie wiederholte.

Schmarges rauchten viel, Herr und Frau. Am Wochenende, wenn beide zuhause waren, hingen die Rauchschwaden um das Haus in der Senke wie Bodennebel. Rauchen tat man nicht, es war fast so etwas wie lange Haare haben als Mann. Mein Vater trug seine Haare sehr kurz, und alle vier Wochen wurden sie ruckartig noch kürzer.

Wegen der Rauchschwaden spielten wir nicht oft bei Lora drinnen. Nur bei schlechtem Wetter nach der Schule, wenn meine Mutter ihre Übungen machte und ich nicht ruhig genug war. Dann saß ich auf Loras Bett und sie zeigte mir ihre Pferdebücher, die an den Ecken feucht waren und zerfaserten. Man konnte sehen, dass die Pappe aus mehreren Schichten bestand. Das Hinterbein eines Ponys war fast ganz eingerollt. Ich strich es glatt und zog die Brandzeichen der Gestüte mit dem Finger nach. Das *H* gab es besonders oft, unterschiedlich geschwungen. Holsteiner, Hannoveraner, hessisches Warmblut. Einmal fand ich im Buch mit den Wildpferden eins der Überweisungsformulare aus meinem Zimmer – die Felder mit Bleistift ausgefüllt und das Papier dünn vom mehrfachen Radieren.

Das war meins, sagte ich.

Lora riss mir das Buch weg, aber das Formular fasste sie nicht an. Sie stieß mich vom Bett und schubste mich bis nach draußen, gegen die Flurwand. Dann ging sie wieder in ihr Zimmer und warf die Tür zu. Lora war stärker als ich, deshalb blieb ich eine Weile draußen stehen. Ich hörte das Zischen und Klicken des lötenden Bruders. Aus dem Zimmer des jüngeren kam spuckefeuchtes Motorengebrumm.

Auf dem Spielplatz hatte Karol einmal Lora festgehalten und ihr angeboten, dass sie seins sehen könne, wenn sie ihm ihrs zeige. Sie riss sich los und lachte ihn aus. Als ob sie das sehen wollte! So hat sie es mir erzählt. Wir lachten uns zusammen über Karol schrott, auch später noch, bei ihr zuhause, bis ich sagte, aber eigentlich macht man das nicht, was er gemacht hat. Ich wartete einen Moment. Lora blätterte weiter durch ein Pferdebuch. Auch was er immer über deinen Bruder sagt, fuhr ich fort. Oder? Ich machte Karol nach, der Loras Bruder nachmachte. Endlich wurde sie wütend, sie hätte Karol gegen die Flurwand geschubst, wenn er da gewesen wäre. Der kriegt drauf, sagte sie, aber richtig. Ich nickte, bis mir der Nacken wehtat.

An einem Tag in dem Herbst war Karol allein auf dem Spielplatz. Er trat wieder und wieder gegen einen lockeren Pfosten neben der Schaukel. Sag ihm, du hast es dir überlegt, flüsterte ich Lora zu.

Er kam mit. Das Zelt stand noch im Garten. Die da passt auf, erklärte Lora und zeigte auf mich. Karol beugte sich vor, um ins Zelt zu kriechen. Lora gab ihm einen Stoß von der Seite. Er landete neben dem Teich. Blitzschnell schwang sie sich auf seinen Rücken, drehte ihm einen Arm um und winkte mir. Ich setzte mich hinter sie auf Karols Beine. Er sackte zur Hälfte ins matschige Gras. Jetzt kam er mir nicht mehr vor wie ein älterer Junge, sondern wie irgendein Kriechtier. Sein Zucken und Winden fand ich ekelhaft. Karols Gesicht ragte genau über den Rand des Teichs. Lora griff in seinen Nacken. Ich sah mich um. Herr und Frau Schmarge durften jetzt auf keinen Fall nach Hause kommen, und die Brüder auch nicht. Da riss Karol unter mir die Füße hoch. Er traf mich in die Seite und schmierte Matsch auf meine Jacke. Du Schwein, schrie ich, los, mach, das sagte ich zu Lora. Sie drückte auf Karols Kopf. Sein Nacken bog sich ganz leicht, als wäre er aus Schilf. Ich hörte Karol prusten, dann gurgeln. Immer, wenn Lora ihn wieder hochkommen ließ, keuchte er: Ey, Mann, ihr spinnt ja. Schrei richtig, sagte Lora. Karol würgte.

Beim Festhalten rutschte seine Jacke hoch und seine Hose immer weiter runter. Sein halber Hintern war schon zu sehen. Lora lockerte ihren Sitz, weil Karol inzwischen schlaff dalag, als ob er sich sonnte. Wollen wir mal tauschen, fragte ich. Ach nee, sagte sie. Reicht doch. Ihre Stimme klang komisch. Sie ließ Karols Nacken los. Er hob den Kopf und ich sah ein Stück seines Gesichts. Es hatte schleimiggrüne Ränder von Entengrütze. Widerlich. Sein Blick zuckte im Garten herum. Ich spürte, dass ich durch eine Tür trat, mitten auf eine Straße, eine Autobahn, die es in Wohngebieten wie unserem gar nicht geben durfte. Warte, sagte ich und rannte ins Haus. Lora blieb auf Karol sitzen, als ob ihr nichts anderes einfiel.

Das Verlängerungskabel reichte bis in den Garten. Ich wollte das *H* bestimmt nicht fertig machen, das schwöre ich. Karol konnte nicht sehen, was ich tat. Ich beugte mich herunter. Dann quietschte etwas, wie unser Garagentor beim Öffnen, kurz bevor es ganz oben ankam. Lora drehte sich um. Die Haut sah gar nicht so schlimm aus, aber sie roch. Mir wurde übel. Lora sprang auf und stieß mich weg. Dann rannte sie nach drinnen, warf die Terrassentür zu und drehte den Griff um. Ich kniete neben Karol, der vom Teich zurückrobbte. Sein Gesicht hing im Gras. Er machte Urwaldgeräusche.

Lora hatte nicht aufgepasst, also nahm ich den Lötkolben mit. Das Verlängerungskabel ließ ich liegen. Es sah aus, als ob es bereits anfing, sich im Gras aufzulösen.

Durch mein Fenster beobachtete ich, wie Karol davon humpelte.

Am nächsten Tag klingelte es. Meine Mutter rief meinen Namen in einem hohen, fragenden Ton, den sie sonst nie benutzte. Ich ging zur Tür. Sie versperrte die Öffnung, weil sie frisch staubgesaugt hatte. Draußen auf der Fußmatte stand Karol mit seinem Vater und daneben Lora, die heulte. Der Vater sagte etwas, meine Mutter fiel ihm ins Wort und sah mich an. Ob das stimme, wolle sie wissen. Ich nickte und wartete. Lora wartete auch. Aber der Vater sagte nur noch: Die grüne Scheiße, die er in den Haaren hatte, da muss man ja nicht lange überlegen. Karol sah auf die Fußmatte und sagte kein Wort. Sein Haar war wieder sauber. Loras Blick und meiner trafen sich. Meine Mutter drehte sich zu mir und nahm mich bei den Schultern, ohne die Tür freizugeben. Dabei kann man ertrinken, sagte sie, verstehst du, ertrinken. Gut. Entschuldigt euch. Lora entschuldigte sich und fing dabei wieder an zu heulen. Sie gab Karol ihre Hand. Dann war ich dran. Als sich unsere Hände berührten, hatte ich kurz das Gefühl, dass es zischte. Karol öffnete den Mund, aber es kam nichts heraus. Sein Vater nahm seine andere Hand.

Was dieser Mann für eine Ausdrucksweise hatte, sagte meine Mutter im Wohnzimmer und schloss kurz die Augen. Schlimm. Und dich will ich jetzt nur noch an deinen Hausaufgaben sitzen sehen. Es genügt für heute.

Das war vor einem Jahr. Wenn ich aus dem Fenster zu Schmarges hinübersehe, kann ich nicht mehr erkennen, ob ein Kabel im Garten liegt. Ich war lange nicht dort. Lora und ich haben jetzt verschiedene Freunde. Karol ist mit seinen Eltern in die Hochhaussiedlung umgezogen. Morgens beim Aufwachen denke ich oft, er hätte etwas sagen sollen über den Lötkolben. Er hätte auf jeden Fall etwas sagen müssen. Ich konnte es ja schlecht selber tun. Warum auch? Dann schlage ich die Decke zurück, gehe ins Bad und wasche mein Gesicht. Im Spiegel wirkt es aufmerksam. Ich bin gut in der Schule. Meine Mutter und mein Vater sind zufrieden.

Ab und zu nehme ich den Lötkolben aus der Schublade. Ich probiere aus, ob ich schon vergessen habe, wie er dorthin gekommen ist. Beinah. Aus der Grundschule weiß ich fast nichts mehr. Manchmal träume ich Dinge, aber sie stimmen nicht. Ich fahre mit dem Finger über die stumpfe Spitze aus Metall.

Pony und Poelchau

Eine Art Stoßdämpfer aus Beton hielt die Schule zusammen. Der graue Wulst lief unter den Fenstern um alle Gebäude herum. Schön war das nicht, aber robust, fand Poelchau. Die Schule funktionierte. Wer sie mit siebzehn, achtzehn verließ, konnte lesen und schreiben.

Am Montag um sieben Uhr dreißig war der Weg schon geräumt und gestreut. Auch der Hausmeisterdienst funktionierte, stellte Poelchau fest. Ein Schneehaufen lag da wie eine aussortierte Wolke. Schaumig weich. Poelchaus Hand zuckte, aber er steckte sie in die Tasche. Von hinten hörte er schnelle Schritte.

»Hat er sie doch wieder ausgegraben. Schade«, keuchte Behm. Seine Fächer waren Deutsch und Gemeinschaftskunde. »Das musst du dir mal vorstellen, nur noch ein großer Schneeberg und keine Spur von einer Schule! Wir laufen darauf herum, stochern ein bisschen hier und da und gehen alle wieder heim.« Er strahlte.

Poelchau bemühte sich, zu lächeln, denn er mochte Behm. »Ein schönes Bild«, sagte er. Seine Schüler brauchten Abschlüsse und keine Märchen. Das Strahlen auf dem Gesicht des Kollegen schien zu verdampfen. Mit der Siebten, fiel Poelchau ein, musste er diese Woche die Aggregatzustände durchnehmen. Ein letztes Mal. Nächstes Jahr würde er frei sein. Oder konturlos zerlaufen wie ein Stück Zäsium. Das schmolz bereits bei 28 Grad. Man musste sich kümmern, dachte Poelchau. Er hatte zum Beispiel immer etwas mehr von der Welt sehen wollen. Gut vorbereitet natürlich. Die Reiseführer besaß er schon.

Behm war im Eingang verschwunden. Er wollte ihm folgen, da glaubte er, in dem Weiß am Wegrand etwas noch Weißeres erblickt zu haben. Das konnte nicht sein, aber Poelchau beugte sich trotzdem hinunter. Ein Lichtreflex. Mit spitzen Fingern barg er das Stück Metall, das in dem Schneehaufen steckte. Es war ein Anhänger wie für eine Halskette. Eine silberne Feder. Sie war kaum größer als sein Daumennagel, das Silber unecht. Poelchau fragte sich, ob seine Frau wohl etwas Ähnliches besaß. Von ihm hätte sie es nicht. Mochte Katja überhaupt Modeschmuck? Er drehte die Feder, sie blinkte. Niemand außer Poelchau hatte sie gesehen. Er würde sie im Sekretariat abgeben. Auf dem Weg zum Eingang fühlte er kein Gewicht in seiner Jackentasche, das war logisch. Der Futterstoff der Tasche selbst war schwerer als die Feder. Aber während er nach der Türklinke griff, dachte Poelchau etwas äußerst Unlogisches: Die Feder hatte mehr Licht zurückgeworfen, als die Laternen und der Wintermorgen zur Verfügung stellten.

Nach einer halben Stunde fand Pony ihre Unterschrift immer noch bescheuert. Sie hatte vier Seiten Karopapier mit P's in verschiedenen Größen gefüllt, mit winzigen O-Kringeln, Zickzacklinien als N und einem mehr oder weniger schwungvollen Bogen unter dem Ypsilon. Pony. So nannten ihre Freunde sie, schon immer, dabei blieb es. Paulina war jämmerlich. Das konnte ihre Mutter zu ihr sagen.

Bei Pony stellte sich auch nicht die i-Punkt-Frage. Aber da waren Jaz und sie ohnehin einer Meinung. Ein Kreis als i-Punkt ging auf keinen Fall. Spätestens mit vierzehn ließ man solche Peinlichkeiten weg. Jaz unterschrieb ihre Nachrichten mit Jaz, das war klar, aber falls ihrem Kugelschreiber doch einmal ein förmliches *Jazmin* herausrollen sollte, selbst dann, Pony war sicher, fände sich über dem i nichts als ein schwarzer oder blauer Nadelstich.

Pony fasste sich an den Hals. Die Kette war dünn. Wenn der Anhänger jemals verloren ging, dann wäre das ein schlimmes Zeichen, hatte Jaz gesagt und ihre eigene Kette mit der Fingerspitze berührt. Sie hatten einander gegenübergestanden auf dem Pfingstmarkt, vor zwei Jahren, Pony hatte gerülpst und Jaz nicht mehr aufgehört zu lachen, rau und kämpferisch. Ihr vorletztes Geld war zu Whiskycola geworden, ihr letztes hatte sich in die zwei Silberfedern verwandelt. Das passte gut. Auf dem Schulhof raunten sie sich oft mit unbewegten Gesichtern Losungen zu.

»Noch etwas starb in dem blutigen Schlamm«, flüsterte Jaz zum Beispiel, »und wurde vom Schnee begraben«, die Zigarette hing in ihrem Mundwinkel, »auch eines Volkes Traum ist dort gestorben.« Schwarzer Elch, nach der Schlacht von Wounded Knee. Das war einer ihrer Lieblingssprüche. Jaz konnte mit ihrem Blick skalpieren, und Pony kannte keinen Schmerz. Sie meinten es beide todernst. Jedenfalls hatten sie das immer getan.

Man durfte seine Träume niemals aufgeben. Indianer waren klug, echt, schön und düster. Wie sie. Nur, dass Pony sich in letzter Zeit jedes Mal von außen sah, wenn sie auf diese Weise träumte.

Jetzt hatte sie sich verschrieben. Sie setzte den Stift ab. Auf dem Papier stand, kühl und gerade: Paulina. Pony strich es so oft durch, dass man es nicht mehr lesen konnte.

Sie begriffen es einfach nicht. Poelchau kreiste mit den Schultern, um seinen Nacken zu entspannen. Fest, flüssig, gasförmig. Sublimieren, resublimieren. Schmelzen, erstarren. Verdampfen, kondensieren. Was war so schwierig daran? Er schloss die Augen und stand nicht im Chemieraum, sondern in einem Einkaufszentrum. Um ihn herum raschelten, rumpelten, klickten und piepsten Dinge, von denen er nichts verstand, Gesprächsfetzen waren zu hören.

Es war ihnen scheißegal. So plötzlich wie ein Klingeln an der Tür kam Poelchau diese Erkenntnis. Es würde sie niemals interessieren, da war keine Neugier, sie würden es lernen, weil sie mussten. Jetzt auch noch die Kristalle.

»Herr Poelchau? Eine Frage. Warum erstarrt das Kochsalz denn nicht einfach so? Ohne Kristallform? Das wäre doch viel einfacher und dann würde es auch viel weniger Platz wegnehmen!«

Weil das dem Salz scheißegal ist, wollte er sagen, und sagte: »Gute Frage. Lies dir nochmal durch, was du gerade über die Anordnung der Moleküle aufgeschrieben hast.«

»Ich hab nichts aufgeschrieben.«

Dann kann ich dir auch nicht mehr helfen, dachte Poelchau.

»Okay, nochmal. Kristallisation ist ein Übergang. Aus einem Zustand in einen anderen, der …« Poelchau lauschte auf seinen halben Satz. Vor seinen Augen erschien wieder der Schneehaufen, aus dem es leuchtete, und seine Hand darin. Die körnige Kälte, das Weiß, seine Fingerspitzen, die aus dem Weiß wieder Wasser machten, alles gehörte zusammen. Eine Schülerin räusperte sich. Poelchau fuhr auf. Er hatte geträumt. Einen Moment lang sah er an die Tafel.

»Zieht Eure Jacken an.«

Die Schüler wechselten Blicke.

»Und packt die Mikroskope drüben ein. Vorsichtig, bitte. Wir untersuchen jetzt die allerschönsten Kristalle.« Allerschönsten, das Wort wunderte ihn etwas, aber er hatte es offenbar gerade benutzt. Poelchau öffnete die Klassentür und ging hinaus.

»Ich tu eben so, als ob es für mich nichts Geileres gibt, als da zu arbeiten. Das ist mein Lebensinhalt. Mein neues Hobby. Meine große Liebe oder was. Du musst dir das richtig vorstellen.« Pony wusste nicht mehr, was sie Jaz sagen sollte. Ihre Freundin sah sie an, als hätte sie ihr vorgeschlagen, in einem Broccoli-Kostüm zur Schule zu gehen.

»Nä«, schwappte schließlich aus Jaz' Mund.

»Dann schreib eben nichts.« Pony drehte sich weg und nahm ihren Stift wieder in die Hand. Wahrscheinlich lag Jaz richtig. Sie hatten schon ihre eigenen Listen gemacht. Auf Ponys stand: Profiler, Rocksängerin, Kunstdieb. Model wäre okay, aber das wollten alle.

»Deine große Liebe ist doch schon Stefan«, wisperte Jaz und stieß sie an.

Frau Mertens hob den Kopf. Sie atmete tief ein und es gelang ihr, einen kompletten Satz zu seufzen. »Jazmin und Paulina, wenn ihr in den Unterlagen die Ausbildung zur Privatgesprächs-Fachkraft gefunden habt, sagt mir Bescheid.«

»Haha«, machte Jaz und malte einen Totenkopf in die Betreffzeile.

Pony schrieb, *habe ich mich umfassend über den Beruf der denkmaltechnischen Assistentin informiert.* Das stimmte sogar. Fast jeden Nachmittag las sie etwas über Restaurierung, Originalsubstanz, Retusche, die verschiedenen Baustile. Sie hatte Jaz nichts davon gesagt. Es hörte sich peinlich und langweilig an. War es bestimmt auch.

In seinem Arbeitszimmer hatte Poelchau sich immer wohlgefühlt. Es war geräumig, die Regale tief genug für Ordner und auf den Schreibtisch passten mehrere Stapel Papier, selbst wenn sie nicht exakt geschichtet lagen, was nur selten vorkam. Von den Geräuschen aus dem Rest der Wohnung hörte man wenig, und selbst als Marcella noch klein gewesen war, hatte er sich hier gut konzentrieren können. Doch heute erhob sich Poelchau schon zum dritten Mal, als habe man ihn aufgerufen.

Schließlich zog er sein Portemonnaie heraus und öffnete das Münzfach. Die Feder war noch da. Sie war noch da, schlüssig und folgerichtig insoweit, als er, Poelchau, sie nicht in der Schule abgegeben hatte. Nicht am Montag, nicht am Dienstag. Am Mittwoch hatte er zuhause korrigiert, und danach hatte er sich einreden können, dass er es vergessen hatte. Jetzt war Freitag.

Immer, wenn er das Stück Metall berührte, fühlte er sich an etwas erinnert. Aber es war keine Erinnerung an ein Erlebnis. Eher schuf die Feder selbst Bilder und Gefühle, als seien sie in ihr gespeichert. Da hauste etwas Wildes, Albernes und zugleich tiefsinnig Trübes.

Natürlich hatte man früher mit Federn und Tinte gezeichnet. Bestimmt war es das. Also doch eine Erinnerung: Poelchau war gut gewesen im Zeichnen, und als er das Chemiestudium begann, hatte er fest vorgehabt, in seiner Freizeit weiter zu arbeiten. Wo war die Plastiktüte mit den Blöcken? Nicht im Keller, den hatten sie kürzlich aufgeräumt. Er kniete sich hin und begann mit der untersten Schublade.

Mitten in ihrem Traum wusste Pony plötzlich, dass es heute Nacht noch schneien würde. Und, dass es ihre letzte Nacht in diesem Bett war. Ein kühler Sog drang durch das Fenster, durch die jungsblaue Gardine, durch Stefans Bettdecke und die Wärme seines Arms.

Von diesem Sog wurde sie wach. Ihre Lider schlugen mit einem leisen *tick* oben an. Pony lag in Stefans Bett. Früher hatten sich ihre Tagträume kaum von den nächtlichen unterschieden. Beide waren gleich chaotisch. Aber jetzt konnte Pony deutlich eine Linie spüren, sie stellte sie sich schneeweiß vor, die zwischen den beiden Seiten verlief. Die Linie sah schön aus.

Stefans Gesicht war ins Kissen gedrückt, begraben unter seinem Haar wie unter einem Haufen alter Blätter. Pony fiel etwas ein. Sie hatte gestern nicht gekonnt. Was für ein Witz. Wenn sie nicht wollte, war es immer in Ordnung. Damals, als sie *noch nicht* wollte, und später, als sie *ab und zu nicht* wollte. Aber diesmal hatte sie nicht gekonnt. Wie ein Typ.

Stefan zuckte, drehte sich zu ihr und zwei kleine, spiegelnde Lichtpunkte erschienen in seinem Gesicht. Er hatte die Augen geöffnet und sah sie an. Pony bemühte sich, gleichmäßig zu atmen. Dann fragte sie: »Stefan?«

Er machte die Augen wieder zu.

»Bist du wach?«

Die Decke raschelte. Er zog sie sich bis über die Brust und steckte die Arme darunter. »Nein.«

Sie wartete. Er holte Luft.

»Du sagst nur Stefan zu mir, wenn etwas nicht gut ist.«

Pony überlegte. »Was sage ich sonst?«

»Gar nichts. Oder *hey.*«

Tat sie das wirklich? Pony merkte, wie ihre Augen heiß wurden.

Sie legte einen Arm um das Paket, das Stefan war, und sagte: »Hey, Garnichts, schlaf weiter. Gleich ist Montag. Mit Schule und dem ganzen Kram.«

Sie wartete noch eine halbe Stunde.

»Halten. Bitte.«

»Ich halte ja, ich halte.« Katja grinste.

»Nicht lächeln.«

»Wieso?«

»Weil du bisher nicht gelächelt hast.«

»Wie wird es denn? Ich wette, du machst mich zu dick.«

Poelchau kauerte auf dem Wohnzimmerboden. Er hatte nicht gewusst, dass der Teppich so angenehm weich war. Katja saß auf der Couch.

»So aus der Froschperspektive!«

»Das ist wegen der Falten. Dem Faltenwurf. Auf dem Kleid.«

»Du siehst aus wie ein richtiger Künstler.« Katja straffte die Schultern. »Wie du damals in Italien warst.«

»Halten, bitte. Du bewegst dich.«

Katja hatte dieses Kleid anziehen wollen. Ein Kleid,

das Marcella ihrer Mutter gekauft hatte, kurz nachdem sie zum Studieren und von zuhause weggegangen war.

Zeichnen erforderte schlichte Exaktheit, das wusste er noch. Der Faltenwurf war teuflisch.

»Die Profis zeichnen die Modelle nackt«, murmelte er. Katja zog eine Augenbraue hoch.

»Thomas!«

»Schon gut, exakt halten.«

»Nein, Thomas, das – das wäre sicher interessant.«

Sie lächelte schon wieder.

Ponys Atem hatte Perlen von Feuchtigkeit auf den dicken gelben Schal gesetzt, die schon zu Eis wurden. Langsam ging sie auf die Schule zu und trat die allerersten Spuren in den Schnee. Ihre noch bettwarmen Füße schmolzen ihn – so kam es ihr vor. Jeder Schritt ein Gedanke, ruhig wie die eisige Luft. Jaz sagen, dass sie sich beworben hatte. Und dass sie weggehen würde. Stefan gar nichts sagen, lieber nur seine Sachen zurückgeben. Er wüsste schon. Das Schuljahr beenden. Und dann. Eine andere Zeit. Sie blieb stehen. Ihre Hand fasste nach der Feder. Von Weitem würde es aussehen, als ob sie ihren Schal lockerte.

Sie berührte das Metall und ihre Entscheidung fiel. Nicht Pony zupfte einmal kurz und ließ los, sondern

Paulina. Das Silber zwinkerte auf seinem Weg nach unten, dann klang es, als glitte ein winziges Schwert sanft in einen Stein.

Puck

Die aufgerissene, zerhackte Straße war natürlich genau der passende Ort, um Tobias Schwarz wieder zu treffen. Ein Presslufthammer wirbelte Staub hoch. Ich versuchte, den chaotisch hingestellten Absperrgittern zu folgen und möglichst wenig zu atmen. An den Fersen drang Sand in meine Pumps. Rechts rieb er genau an der Stelle, wo sich sowieso schon eine Blase bildete. Die Bank hatte mir immer noch keinen eigenen Parkplatz zugestanden, und ich würde so lange zu Fuß quer durch die Stadt zur Arbeit gehen, bis das passierte. Auf diese Weise erinnerten mich meine schmerzenden Füße jeden Tag an mein Ziel.

Das Klirren des Presslufthammers endete, und gleichzeitig trat ein Stück vor mir ein Mann aus einer Staubwolke und kam auf mich zu. Er hielt sich weder die Hand vor den Mund, noch kniff er die Augen zusammen. Er hustete genau ein Mal, so kurz und effizient, als mache er das beruflich. Daran muss ich ihn erkannt haben.

In der Schule war Tobias Schwarz zwei Köpfe kleiner als ich gewesen. Schmaler auch, aber das lag, wie ich damals noch nicht wahrhaben wollte, mehr an meiner Statur als an seiner. Ich war in der Sechsten bereits eins der kräftigsten Mädchen der Schule. Beim Wechsel in die Siebte stand Tobias nicht auf unserer Klassenliste. In der Achten, mein Kreuz war inzwischen breiter als das einiger Jungen, tauchte er wieder auf, noch dürrer und, wie mir vorkam, sogar noch kleiner. Er hustete. Mal kam er ein paar Wochen lang regelmäßig zum Unterricht, dann wieder nicht. Die Lehrer taten so, als sei das ganz normal. Manche in der Klasse brachten Tobias, wenn er fehlte, die Hausaufgaben. Sie berichteten, dass er hustete. Sie berichteten, dass seine Mutter ihnen immer weiche, muffige Vollwertwaffeln in die Hand drückte, die sie dann ein paar Häuser weiter in die Hecke schmissen. Sie berichteten, dass Tobias als Kind einen Unfall gehabt hatte. Eine Pilzvergiftung. Eine komplizierte Lungeninfektion. Was auch immer. Unsere Klassenlehrerin fragte mich, ob ich Tobias auch einmal die Aufgaben bringen wollte. Ich sah ihr in die Augen und erklärte, ich würde es mir überlegen.

Der Mann war jetzt fast bei mir angekommen. Aus seinem Gesicht sprossen vereinzelt lange Barthaare. Er war immer noch wässrigblond. Sein Brustkorb sah eingefallen aus, die Schultern hingen herab. Er trug ein blaues

Hemd und unter dem Arm eine Mappe. Kurz erwog ich, mit dem Absatz im Sand stecken zu bleiben, um mich bücken und ihn übersehen zu können.

»Lora?«

Seine Stimme klang dunkler als damals, er musste irgendwann doch in den Stimmbruch gekommen sein. Aber da war auch ein neuer, metallischer Oberton.

»Hallo …«, sagte ich, als könne ich mich zwar an sein Gesicht, aber nicht an seinen Namen erinnern.

»Tobias?«, er betonte es wie eine Frage.

»Richtig. Entschuldige.«

»Kein Problem. Ich war nicht sehr präsent damals. Im Gegensatz zu dir.«

Es war das Geräusch einer Klinge. Einer schmalen, dünnen Klinge, bei der man unsicher war, ob sie abbrechen oder äußerst tief schneiden würde.

»Du siehst gut aus«, sagte er, und sein Blick betastete mein Kostüm. Er ruhte kurz auf den Fettpolstern an meiner Hüfte, schien sich dann aber mehr für meine Ellbogen zu interessieren, die vergleichsweise knochig sind. Beide Stellen überspringen andere meist, wenn sie mir sagen, ich sähe gut aus.

»Du auch«, log ich. Er schnaubte. Ich entlastete den Fuß, an dem die Blase war, und bei der Bewegung spürte ich, wie unter meinem Rock eine Laufmasche anfing.

Tobias sah mir in die Augen und sagte, dass wir uns treffen könnten. Es war keine Frage und auch nicht wie eine betont. Ein Bistro im Zentrum. Ich kannte den Namen und nickte. Heute Abend kam Eishockey im Fernsehen. Ich würde das Spiel verpassen.

In der Bank angekommen, schmiss ich die Handtasche auf den Schreibtisch und nahm eine neue Strumpfhose aus der untersten Schublade. Ich ging auf die Toilette und pellte mir den Rock hoch. Keine Laufmasche.

Am Vormittag ließ ich mir zweimal Kaffee bringen und präsentierte den Kollegen kurz darauf ein falsches Chart. Meine Hände fühlten sich schwer an. Ich empfahl einem kaum dreißigjährigen Beamten eine Risikoanlage und wunderte mich auch noch, dass er unentschlossen blieb. Skeptisch sah er sich zwischen den blauen, leeren Aktenordnern um, die zur Dekoration in dem gläsernen Beratungszimmer standen. Irgendwann bemerkte ich meinen Fehler.

»Okay«, sagte ich, »Sie haben in Ihrem Alter vielleicht einen etwas weiteren Anlagehorizont. Wetten, dass ich das Richtige für Sie finde?« Ich suchte im Computer. In meiner Kniekehle glaubte ich schon wieder die Laufmasche zu spüren.

Die Aussicht auf die Verabredung mit Tobias kratzte an meinen Nerven. Ich wollte das Eishockeyspiel sehen. Aber ich hatte keine Telefonnummer von Tobias, und einfach wegzubleiben, wagte ich nicht. Ich dachte an das volltönende Knacken der Brustpanzer, wenn die Gegner zusammenstießen. Früher hatte ich selbst Spiele besucht, aber mir wurde heiß dabei und ich hatte das Gefühl, etwas Unanständiges zu tun. Einmal hatten wir Firmenkarten bekommen. Ich stand nah am Tor hinter der Plexiglaswand. Beim Angriff verlor ein Spieler die Kontrolle über seine Geschwindigkeit. Er raste direkt vor mir ungebremst in die Bande. Es hörte sich an wie ein Autounfall. Durch das Gitter des Helms sah er mir in die Augen. Die Geschäftspartner neben mir zuckten zurück, während in meinem Kopf der Knall verglühte. Der Spieler wurde vom Eis getragen. Ich vergaß sofort, welcher es gewesen war und ob er ein Tor geschossen hatte. Er hinterließ einen Fleck auf dem Plexiglas.

»Du bist ja ganz rot«, sagte unsere Teamassistentin. Ich strich meinen Blazer glatt. Seit diesem Abend ging ich nicht mehr zum Eishockey, sondern verfolgte die Spiele zuhause vor dem Fernseher.

Das Bistro imitierte ein Wiener Caféhaus. Zu viel Marmor, zu viele Lampen, zu viele Kellner. Tobias trug ein dunkleres Hemd als vorhin, und die Barthaare waren verschwunden. Er musste sie ausgezupft oder mit der Nagelschere abgeschnitten haben; die Haut seiner Wangen war glatt und wirkte nicht, als würde sie jemals rasiert. Wir bestellten und sprachen über unser Berufsleben. Tobias' Abitur war ausgezeichnet gewesen, das wusste ich noch. Danach hatte er irgendeine pseudoelitäre Akademie besucht, von der ich noch nie gehört hatte, die Ausbildung aber wegen eines gesundheitlichen Zwischenfalls abbrechen müssen, wie er sagte. Das Ganze klang obskur. Jetzt war er in einer Stiftung tätig. Noch früher, als ich befürchtet hatte, redeten wir von der Schulzeit.

»Hattest du eigentlich damals Angst vor mir?«, fragte Tobias.

»Wieso?« Ich verschob eine Scheibe Roastbeef auf meinem Teller.

»Wenn der Klassenraum morgens noch abgeschlossen war und wir davor gewartet haben, hast du dich immer von mir weg gestellt.«

Das stimmte. Nicht einen Moment lang hatte ich mit Tobias allein sein wollen. Die Gefahr bestand aber auch selten, weil er so viel fehlte.

Ich wollte lügen und entschied mich anders. Ich würde ihn sowieso nicht wieder treffen. Ich trank noch einen Schluck Wein. Tobias schnitt ein Stück von dem Kaninchenrücken ab, der vor ihm lag.

»Ja, ich dachte, du wärst doch irgendwie … anstekend.« Das letzte Wort sprach ich leiser, aber sehr deutlich aus. Besonders die Konsonanten. Tobias blinzelte, dann richtete er die Aufmerksamkeit auf sein Besteck.

»Das haben die meisten gedacht«, fuhr ich fort. »Obwohl die Lehrer und die Eltern uns etwas anderes erzählt haben. Aber denen hat keiner geglaubt.« Ich wollte am liebsten noch weitersprechen, mehr solcher Dinge sagen. »Du hast ja auch so … gerochen.«

Tobias sah mich an, während er die Gabel zum Mund führte. Er kaute und schluckte.

»Ah«, sagte er dann. »Ganz richtig. Was wussten die Lehrer schon.« Sorgfältig legte er die Gabel hin. Dann kroch ein Lächeln in seine Mundwinkel. »Die haben ja auch den anderen Mädchen gesagt, du wärst nicht dick und würdest hübscher werden als sie alle zusammen. Später irgendwann.«

Wir sahen einander in die Augen. Nach einer Weile plätscherte etwas neben mir. Der Kellner musste gekommen sein. Tobias' Lippen waren geöffnet. Ich lehnte mich zurück, dabei verrutschte mein Rock auf dem Stuhl und die Laufmasche rieselte hinten an meinem Unterschenkel herab.

Ich ließ meinen Blick über Tobias' hängende Schultern gleiten und sagte: »Nackt siehst du bestimmt noch erbärmlicher aus.«

Er hob ohne wegzusehen oder zu blinzeln die Hand und ließ die Rechnung kommen.

Von seiner Wohnung sah ich in der Nacht nur den schwarzen Spiegelschrank im Flur und ein paar Fußbodendielen. Ich lernte, dass der menschliche Körper nicht so leicht bricht, auch wenn er krank ist. Oder war. Tobias wehrte sich, ich wehrte mich. Aber die Abschürfungen, die ich mir von ihm beibringen ließ, waren die einer gefügigen Ehefrau. Mein Höhepunkt war hart.

Als ich am nächsten Tag nach Hause kam, rief ich meine Mutter an. Wir hatten zwar erst ein paar Tage zuvor telefoniert. Aber ich fühlte mich, als würde ich auf einem Wasserbett laufen. Fremdartig. Meine Mutter hat ein so angenehm festgefügtes Bild von mir, dass sie es schaffen würde, mich mir selbst wieder vorzustellen: *Das ist Lora.* Ich war der Erfolgsfall der Familie, daran würde sie mich erinnern. Hoffte ich.

»Der Lerch ist gestorben«, sagte meine Mutter, bevor wir uns richtig begrüßt hatten. Ich musste überlegen, wen sie meinte.

»Oh«, sagte ich deshalb nur.

Sie seufzte. »Die Einschläge kommen näher.«

Jetzt fiel es mir ein. Lerch war der Pastor gewesen. Ich hatte bei ihm Konfirmandenunterricht gehabt, in einer großen Gruppe. Tobias war nicht dabei. Seine Eltern mussten im Laufe seiner vielen Klinikzeiten Atheisten geworden sein.

Pastor Lerchs Gesicht erschien jetzt vor mir, wie ein hochauflösendes Foto. Er hatte immer einen Weihnachtsmannbart getragen. Schon damals musste ich jedes Mal, wenn ich ihn sah, an das Wort *gutartig* denken. Etwas wie ihn hatte sich die Welt fast überall bereits entfernen lassen. Mit Routineeingriffen. Jetzt war er also tot. Ich wusste nicht genau, was mich daran so alarmierte.

»Geht ihr zur Beerdigung?«

»Na, aber.« Meine Mutter klang entrüstet. »Wir gehören ja zur Gemeinde.«

Ich hörte, wie sie sich eine Zigarette ansteckte.

»Du wolltest doch aufhören.«

»Ja, ja. Ist nur eine von Papa.«

»Ich könnte euch besuchen kommen. Und mitgehen.«

»Was?«

»Zu Pastor Lerchs Beerdigung.«

»Lass mal. Was macht denn die Bank?«

Wir verabschiedeten uns kurz darauf und ich fing an, die Wohnung aufzuräumen. Als das Telefon klingelte, ließ ich den Cutter fallen, mit dem ich gerade Wachs vom Tisch gekratzt hatte.

»Wir werden das morgen bei dir wiederholen«, sagte er.

»Hallo, Tobias.«

»Hör auf. Wie ist deine Adresse?«

Jedes Mal, wenn ich mit Tobias schlief, hatte ich das Gefühl, dass er mich mit den Resten seiner Krankheit gegen etwas impfte. Natürlich benutzten wir Kondome. Ich behielt nichts von ihm zurück außer Schrammen, und er trug mit Sicherheit mehr Blessuren davon als ich. Aber der Effekt war spürbar und hielt jeweils ungefähr eine Woche vor. In der Bank verfolgte ich eine neue, aggressive Beratungsstrategie. Außerdem räumte ich meinen Schreibtisch leer. Nichts lag dort, um die Hände zu beschäftigen. Wenn Kollegen in mein Büro kamen, ignorierte ich sie zunächst fünfzehn Sekunden lang. Mit Tobias traf ich mich meistens am Freitagabend, damit bis Montag alles weg war. Trotzdem musste ich einmal in Turnschuhen zur Arbeit humpeln. Ich hatte ihm von meiner Strategie für den Firmenparkplatz erzählt, und daraufhin hatte er sich mit meinen Füßen beschäftigt. Einige Wochen später bekam ich den Platz.

Tobias war ziemlich kurzatmig, griff aber ohne Rücksicht in mein Fleisch und bewegte sich zuverlässig, bis ich kam, als sei es in der Tat eine medizinische

Maßnahme. Er schloss nie die Augen, nicht einmal im letzten Moment.

Es wurde Winter. Manchmal drehte ich beim Sex den Kopf zur Seite und sah aus dem Fenster, um Tobias zu provozieren. Draußen warteten immer die gleichen asphaltfarbenen Krähen in den Bäumen, egal, ob wir in meiner oder seiner Wohnung lagen. Ich fuhr zur Arbeit, ich sah mir Eishockey an, ich schlief mit Tobias. Ich fuhr zur Arbeit, ich ließ einen jüngeren Kollegen auflaufen, der etwas an der Servicestruktur ändern wollte. Er verschwand bald aus der Abteilung. Ich schlief mit Tobias. Ich fuhr zur Arbeit, ich setzte das neue, fertige Servicekonzept selbst um und erntete Beifall. Den Krähen vor dem Fenster wuchsen statt Federn Schuppen. Meine Haut fühlte sich kühl und fest an. Nach vier Monaten bekam ich ein größeres Büro.

Im Frühjahr bin ich in die Zentrale der Bank gewechselt. Ich bin umgezogen und treffe mich nicht mehr mit Tobias, obwohl mein Gehalt problemlos Reisen und Hotelzimmer ermöglichen würde. Aber das ist nicht mehr nötig. Ich habe alles, was ich brauche. Ein paar hübsche Narben und eine Dauerkarte fürs Eishockey. Die Mannschaft hier ist wesentlich besser als alle, die ich früher im Stadion gesehen habe. Schneller und besonders in den Angriffen direkter.

Kumys

fünf

Von draußen werfen sie etwas gegen das Bahnfenster. Krolle bewegt sich null Komma null Millimeter, er hat sich mit dem Rücken zu ihnen hingesetzt. Wieder knallt es, das Fenster klappt auf und er spürt Nässe im Nacken. Sie lachen im Kreis um Leas Stimme herum. Lea darf alles. Spaß muss sein. Krolle versteht Spaß. Er wäre allein zur S-Bahn gegangen, aber plötzlich wollte Lea, dass sie ihn hinbringen, und da wollten es die anderen auch. Er wartet, bis die Bahn losfährt und der Blick des Opas gegenüber hinter der Zeitung verschwindet. Erst dann fasst Krolle in seine Haare, in seine Schweineborsten, wie es heißt. Er hat nicht viel abbekommen. Am Fenster gefrieren die weißen Spritzer. Krolle drückt das Fenster zu, dann wischt er die Hand am Bauch ab, dort wo die Trainingsjacke spannt. Er zerrt das Heft aus dem Rucksack. Auf dem fleckigen schwarzen Hochglanzpapier sehen seine Finger aus wie fette Maden. Das weiß er, das muss ihm keiner erzählen.

vier

Gehäuse: Voll geschmiedet. Dadurch höhere Stabilität im Vergleich zu gefrästen Receivern. Lauflänge 16,75 Zoll. Krolle blättert. Das komplette Oberteil wird mit wenigen Handgriffen ausgetauscht. Er stellt es sich immer wieder vor, bis er es in zwei Sekunden beherrscht: klack, klack, runter, zusammen. Die L1-A1-Büchse ist ein Gasdrucklader mit …verschluss, das kann er nicht lesen, ein Knick geht durch die Seite. Krolle streicht über den abgedruckten Lauf. Wird mit 1,5-fachem Zielfernrohr ausgeliefert.

Er schaut sich um, niemand beachtet ihn. Die Zeitung gegenüber hängt in der Luft wie scharfkantig gebogenes Blech. Ihre Buchstaben sind eingeprägt. Die Bahn holpert unentschlossen durch die Dunkelheit, als ob sie ahnt, dass etwas kommt. Bei der Vollbremsung wird Krolle nach vorn gerissen.

drei

Seine Hände stützen sich auf der Zeitung ab, als wäre sie wirklich aus Metall. Er landet auf dem Mann, mit einem Krachen wie bei einer Arschbombe im Schwimmbad. Er entschuldigt sich.

Der schmale Mund des Mannes geht auf und zu, während er versucht, das Papier zu glätten. Sein Gesicht, lang und voller Schatten, sieht selbst aus wie ein Zeitungsfoto, aber ein älteres, körniges, das jemand vergrößert hat.

»Ach was, schon gut«, zischt er und reißt die Zeitung wieder hoch, vor sein Gesicht. Jetzt zittern die Seiten. Der Zug steht. Nach einer Weile ertönt von oben ein Knacken, dann ein Rauschen.

Aufgrund eines Astes, der aufgrund des starken Frostes … Knack. *Wegen eines Astes im Gleisbett hat unser Zug außerplanmäßig gehalten.*

Vorn im Waggon sitzen zwei Frauen. Sie legen die hohlen Hände an die Fenster, als ob sie Ferngläser hielten, und starren ins Schwarze. Es wird still.

»Ist das dein Schulranzen?«

»Was?«

Krolle kneift die Augen zusammen. Der Mann späht zwischen Zeitung und Wand hervor wie durch eine Schießscharte. Er sagt echt Schulranzen. Seine Stimme pfeift.

»Da sind doch deine Bücher drin?«

»In dem Rucksack. Ja.«

»Zu meiner Zeit ging die Schule nicht so lang.« Er lacht schnarrend. Krolle betrachtet ihn. Seine Haare sehen zerdrückt aus, das ganze Gesicht hat die Farbe von Augenrändern.

»Ich war mit Freunden auf dem Weihnachtsmarkt.«

Der Blick des Mannes springt über Krolles Kopf zu den gefrorenen weißen Spritzern auf der Fensterscheibe.

»Mit Freunden. Wie schön.« Dann sieht er Krolle wieder in die Augen. Sein Gesicht ist starr, aber Krolle glaubt, dass er lächelt.

»Schön«, sagt der Mann noch einmal. Krolle guckt weg.

Knack. *Verehrte Fahrgäste. Der Zugverkehr ist in beiden Richtungen unterbrochen. Wegen der Witterung sind die Einsatzkräfte der Feuerwehr bisher ...* Knack. *Wir bitten sie, zur letzten Station zurückzulaufen. Die Türen werden entriegelt, bitte helfen Sie beeinträchtigten Fahrgästen.*

zwei

Die beiden Frauen setzen sich auf den Boden, lassen die Beine aus der Türöffnung hängen und rutschen hinunter. Sie laufen los. Krolle springt und landet auf dem Schotter. Nach ihm springt der Zeitungsmann, aber er läuft nicht los. Er stöhnt und krümmt sich, schwankt und hebt seinen linken Fuß hoch, zieht scharf die Luft ein. Krolles Hände verschwinden in den Hosentaschen.

»Geht's?«

Der Mann gibt ein Winseln von sich. Krolle nimmt eine Hand aus der Tasche.

Sie setzen sich in Bewegung. Links und rechts vom Gleis geht es hoch, die Hänge sind steil wie ein Badewannenrand. Vorne entfernen sich die Schatten der beiden Frauen. Krolle versucht, den Mann zu stützen, der einen Kopf kleiner ist als er selbst. Ständig tritt der Mann zwischen die Schwellen auf den Schotter. Er macht winzige, ruckartige Schritte, als ob er sich jedes Mal von Krolle losreißen will. Plötzlich schnaubt er und sieht Krolle schräg von unten an.

»Natürlich bist du ihr zu fett,« sagt er mit seinem unterdrückten Pfeifen.

Krolles Beine frieren ein. Jetzt zerrt der Mann ihn vorwärts, so ungeduldig, dass es lächerlich scheint, ihn mit der Frage aufzuhalten, warum er über Lea Bescheid weiß. Über Krolles Gedanken zu Lea.

Laber mich nicht an. Fresse, Alter. Halt dein Maul. Krolles Mund kriegt die Worte nicht hin. Wie bei schwierigen Vokabeln. Nichts kommt heraus. Er lässt den Mann los, der stolpert und vor Schmerz aufschreit.

»Idiot!« Als wäre Krolle nur zu blöd gewesen, ihn richtig zu stützen, krallt der Mann sich wieder fest. »Geh weiter.«

Sie laufen, Krolle merkt es nur daran, dass sich die Böschung links und rechts bewegt, sonst spürt er nichts.

»Zu fett«, sagt der Mann. »Für das Mädchen. Für irgendein Mädchen. Was noch? Unsportlich bestimmt. Kein großer Redner, oder?«

Er tätschelt Krolle den Arm, als führe er in Wirklichkeit ihn, eine erbärmliche Missgeburt. Alles, was Krolle sagen will, zerschellt an dem kalten Brocken, der seine Zunge jetzt ist.

»Miese Wohngegend hier draußen, oder? Billig. Dann noch deine Jacke.« Der Mann prustet, Spucketropfen fliegen auf das Nylon. »Was ist das, ein Schlafsack?« Sein Lachen raschelt wie ein Stück Alufolie.

Etwas in Krolles Kehle macht sich los.

»Sie halten … jetzt die Schnauze.« Lauter, er drückt den Ton nach unten. »Schnauze. Sonst lass ich Sie hier.«

eins

Der Mann bleibt mit einem Ruck stehen.

»Aber Junge!«, ruft er mit großen Augen. »Man muss wissen, wo man hingehört. So läuft es. Und es geht auch«, plötzlich kichert er, »immer, immer so weiter.« Er betatscht Krolles Handgelenk wie ein dickes Stück Fleisch. »Und weißt du was? Unterlassene Hilfeleistung: ganz schlechte Idee. Hopp, hopp.«

»Sie haben keine Scheißahnung von mir.«

»Du stinkst nach saurer Milch.«

»Kumys«, sagt Krolle. »Kennen Sie nicht, oder? Kirgisisches Nationalgetränk.« *Kir-gi-sisch-es,* das klang gut, als hätte er das Wort schon viertausend Mal gesagt. »Einer von meinen Freunden hat 'ne Runde ausgegeben. Wir trinken das immer da. Knallt schön rein.«

»Ah ja. Du und deine guten Freunde.«

Sie schleppen sich weiter. Die Frauen sind nicht mehr zu sehen.

Krolle denkt an die Becher. Erst hatte er sich für alle in die Schlange gestellt, aus Witz. Weil die anderen es witzig fanden. *Kumys.* Wie Kuhmist, oder was? Als er zurückkam, waren sie schon weitergegangen. Er suchte sie mit dem Tablett in der Hand wie ein Scheißkellner. Und dann kriegte keiner das Zeug runter. Keiner. Lea würgte als Erste und zerrte an ihrem Schal. Krolles Chance. Als alle mit den dreiviertelvollen Pappbechern herumstanden, sah er Lea fest in die Augen und trank in einem Zug aus.

Das Gleis macht eine weite Kurve.

»Bald bin ich hier eh weg«, sagt Krolle. Der Mann fängt so heftig an zu lachen, dass er wieder auf den falschen Fuß tritt und sich an Krolles Brust festklammert.

»Ich sage dir was«, keucht er, er riecht aus dem Mund. »Das Ganze wird nur *subtiler.«* Er macht sich los und humpelt voran, als ob er seinen Fuß nicht spürt. »Subtil«, kreischt er über die Schulter, »hast du bestimmt schon mal gehört in Deutsch!«

Krolle bleibt zurück. Wo der Mann sich an ihn gepresst hat, wird es kalt.

»Sie … Opfer.«

»Es geht immer so weiter! Immer weiter!« Jetzt läuft der Mann stampfend, als ob er absichtlich fest mit dem verletzten Fuß auftritt. »Man muss wissen, wo man hingehört. Das hast du an dir dran. Wie ein Brandzeichen.«

Der Luftzug stößt ihn in den Rücken, eine Zehntelsekunde, bevor Krolles Hand es tut.

null

Es ist falsch, den Mann zu treten, ihn *übelst* zusammenzutreten, in den Bauch, ins Gesicht, überall hin. Falsch. Krolle hat es sich auch anders vorgestellt. Wie ein High. Aber es klingt bloß so, als ob man einen vollen Rucksack auf den Boden wirft, wieder und wieder. Krolle schwitzt. Es ist falsch. Aber auch richtig. Der Mann robbt über das Gleis. Er hat genug.

Auf dem Weg die Böschung hoch will Krolle noch etwas machen. Etwas Richtiges. Er bleibt stehen, sein Gesicht ist nass und zerkratzt von den Sträuchern. Er reißt den Rucksack auf. Das schwarze Heft fliegt auf den gefrorenen Boden, es öffnet sich von selbst. Die Pisse pladdert auf Schalldämpfer und Munition, auf das ganze Equipment, den ganzen Quatsch, für Irre. Er ist kein Irrer.

Krolle kommt oben an. Jetzt noch was. Er biegt in eine Straße, nimmt das Telefon und tippt sich im Adressbuch zu »L«. Man kann sie nicht einfach anrufen. Nicht einfach. Aber man kann. Das Freizeichen ist das High, das er braucht.

»Krolle?«

Sie klingt nach *mich kann man nicht einfach anrufen,* aber sie hat seine Nummer eingespeichert.

»Krolle, was ist?«

»Das war eine Scheißaktion mit dem Werfen vorhin.«

»Was?«

»Gegen das Bahnfenster.«

Stille.

»Ach so. War doch nur Spaß.«

»Scheißegal, Lea. Nicht witzig.«

»Ich war das nicht. Okay?« Ihre Stimme ist höher als sonst.

»…«

»Krolle? Hey. Aber starker Auftritt vorhin.« Er hört, dass sie lächelt. »Hast du den *Kuhmist* gut verdaut?«

Krolle öffnet den Mund. In seinem Nacken juckt es. Starker Auftritt. Er berührt die klebrige Stelle und sieht auf seine Finger. Nichts.

»Ja«, sagt er. »Eins-a *Kumys* war das. Ich trink jetzt nur noch *Kumys.* Scheiß auf Bier und so. *Kumys,* den ganzen Tag. Ist bestimmt … auch gut für die Figur.« Er traut sich nicht zu atmen.

Leas Lachen ist so gut und hell wie eine Leuchtkugel, weit über ihm.

In der Nähe rattert eine Bahn und bremst scharf. Bremst und bremst. Krolle sieht nach oben, dorthin, wo es funkelt.

Talente

An die Verschwiegenheitserklärung halte ich mich weiterhin. Auch wenn sie nächsten Monat abläuft (immer drei Jahre nach Ende der Ausbildung), werde ich schweigen. Weil ich nichts mehr mit der Akademie zu tun haben will. Wenn ich etwas sagen würde, hätte ich wieder mit ihr zu tun. Und nützen würde es doch niemandem, dafür weiß ich nicht genug. Zumindest nichts Konkretes. Ich werde schweigen.

Das alles geht mir durch den Kopf, noch während Adrian seinen Nachnamen ausspricht. Ich hätte zwar eher erwartet, dass die Akademie selbst anruft, aber ich frage Adrian auch nicht, wie er an meine neue Nummer kommt. Ich brauche nicht zu fragen. Er ist Absolvent. Ich setze mich hin und bereite mich auf juristische Termini vor.

»Ich bin jetzt in deiner Stadt«, sagt Adrian. »Gehst du einen Kaffee mit mir trinken?«

Adrian wartet schon vor der Bar, als ich ankomme. Ich habe die Techniken zu lange nicht mehr geübt: Er lächelt, verschafft sich durch meine Augen Zugriff und aktiviert gespeicherte Bilder von Glastüren, Funktionslämpchen, Tabletts mit frisch für uns zubereiteten und sofort steril eingeschweißten Mahlzeiten. Zwischen den Passanten, die mich in Adrians Richtung spülen, durchquere ich noch einmal die Räume der Akademie. Edel und nüchtern, selbst die Schlafräume. Kameras an den Wänden, eines der Lämpchen blinkt rot und schnell, Zoom auf ein Gesicht, Adrian, jung, dann läuft ein kaum merklicher Ageing-Effekt über das Bild und ich bleibe vor einem gutaussehenden Mann stehen. Seine Gesichtszüge sind nicht mehr so täuschend weich wie damals. Er trägt dunkle, unauffällig hochwertige Kleidung.

Auf dem Tisch liegen Adrians Hände in einem harmonischen 30-Grad-Winkel zueinander.

»Und wirst du länger in der Stadt sein?«, frage ich.

»Es ist noch nicht entschieden. Vermutlich«, sagt er sanft.

»Wie schön.«

Er kann mir also jederzeit wieder begegnen. Er kann überall plötzlich auftauchen und mich sehen. Ich entspanne mein Gesicht, zumindest diese Technik beherrsche ich noch. Adrian zwinkert, als hätte ich Angst gezeigt. Egal. Ich bin nicht mehr auf der Akademie.

Er berichtet, was die anderen heute machen. Weniges davon überrascht mich. Erfolg ist für die Absolventen so gut wie garantiert.

»Man hat das Beste aus uns herausgeholt«, sagt Adrian. Ich weiß, dass er mit den gegensätzlichen Bedeutungen des Satzes spielt. Und er hat recht. Wir haben erstaunlich früh erstaunlich zutreffende Analysen geschrieben, Parameter benannt und geändert. Auf dem Papier. Wir hätten damals bereits Konzerne retten, Krisen verhindern können. Viele von uns haben es später getan. Und auch, ergänzt etwas in mir, Krisen beschleunigt und Konzerne sabotiert. Wir haben gelernt, das hervorzurufen, was wir brauchten. Das zu bekommen, was wir wollten. Und sogar, andere etwas wollen zu lassen. Beispielsweise unseren Erfolg. Wer heute Einfluss nimmt in diesem Teil der Welt, ganz ohne Aufsehen zu erregen, der hat mit einiger Wahrscheinlichkeit die Akademie besucht.

Der Kaffee ist gut. Ich habe die Bar vorgeschlagen, weil sie relativ weit von meiner Wohnung entfernt ist und ich selten herkomme. Wir sitzen draußen. Um uns herum beschleunigt sich der Sommernachmittag in Richtung Abend. Die Kellnerin, ein aufgedrehtes Mädchen mit Rastas, tänzelt an unserem Tisch vorbei.

»Darf ich noch etwas bestellen?«, fragt Adrian.

»Warte, ich überleg's mir«, kichert sie und tut, als ob sie intensiv grübelt. »Na gut, weil du es bist.«

»Dann bring mir doch«, sagt Adrian, beugt sich zu ihr vor und senkt die Stimme, »ein Getränk, von dem du findest«, das Mädchen streckt die Hand nach seiner leeren Tasse aus, »dass es so ist wie ich.« Damit legt er seine Hand auf ihre.

Die Tasse klirrt leise, kratzt über die Untertasse, das Lächeln der Kellnerin verwischt. Sie zieht ihre Hand langsam zurück, als hätte sie in eine dunkle Kiste mit etwas Unbekanntem darin gefasst. Dann verzieht sie den Mund, eine dünne Luftspiegelung ihres vorherigen Lächelns. Sie greift Tasse und Untertasse, versäumt, mich zu fragen, ob ich auch noch etwas möchte, und lässt Adrian nicht aus den Augen, bis sie in der Bar verschwunden ist.

Er spitzt die Lippen, dann lächelt er. Solche Spiele hat er schon damals gern gespielt. Kontrolle über die Hautleitfähigkeit, den Wärmehaushalt. Auf der Akademie gab es das Gerücht, dass Adrian als Kind seine ältere Schwester in die Psychiatrie gebracht hatte. Er sah sie starr an und sprach in einer fremden Stimme mit ihr, immer, wenn die Eltern nichts mitbekamen. Waren sie anwesend, redete er normal. Die Schwester, hieß es, war der Sonnenschein der Familie gewesen, sportlich und patent, Adrian eher ein Stubenhocker. Aber vermutlich ist das alles erfunden.

Kurze Zeit später stellt ein anderer Kellner wortlos ein niedriges Glas auf den Tisch. Ölige, rote Flüssigkeit umhüllt die Eiswürfel darin.

»Entschuldigung«, sagt Adrian, als der Kellner sich abwenden will, »was ist denn das?«

»Lillet.« Der Kellner sieht zu mir. »Ein französischer Aperitif. Haben Sie das nicht bestellt?«

»Doch, doch«, Adrian nimmt einen Schluck. »Wie nett.« Er schwenkt das Glas, so dass es in der Abendsonne aufleuchtet.

Der Kellner fragt, was ich noch möchte. Ich bestelle einen komplizierten Cocktail, obwohl ich lieber einen Schnaps hätte. Am besten Anisschnaps, mit Wasser, weil beides zusammen gnädig weiße Wolken bildet. Aber ich will nicht, dass Adrian aus meiner Bestellung lesen kann.

»Du bist nicht mehr in den Verteilern«, sagt er. »Das kann ich nachvollziehen, es war ein ziemlicher Druck. Aber du warst eben die Talentierteste von uns.«

»Das stimmt nicht«, sage ich etwas zu laut. Adrian sieht mich konzentriert an.

»Gut«, sagt er, »ich berichtige. Du warst die Talentierteste, die die Ausbildung abgeschlossen hat.« In seinen Augen flackert es, ein Störsignal. Mein eigener Blick will sich auf der Tischplatte abstützen, doch damit würde ich mich geschlagen geben. Kontrolliert atme ich ein und suche einen Satz wie eine Ladung Schrot, damit ich nicht genau zielen muss.

»Tobias hätte den Abschluss geschafft«, sage ich, »aber dann vielleicht du nicht.«

Die Reaktion ist kurz, Adrian hat sich sofort im Griff.

»Vielleicht«, sagt er nachdenklich. »Bloß später hätte er es nicht geschafft. Er war schwach. Ich meine das nicht nur körperlich. Er war starr, ein Prinzipienreiter. Und in operativer Psychologie ...« Adrian winkt ab. Eine Fliege lässt sich zwischen uns auf dem Tisch nieder. Ich sehe Adrians Hand an seinem Glas, die Fliege daneben, und diesmal lädt die Erinnerung automatisch, ohne dass er sie aktiviert hätte.

Der Raucherbereich in der Cafeteria ist offen, vom Rest des Raums nur anhand des sanften Geräuschs der Lüftung zu unterscheiden. Nach dem Essen sind wir zu fünft. Adrian fängt eine Fliege unter seinem Glas. Er steckt sich eine Zigarette an und bittet Tobias um dessen benutzten Strohhalm. Bedankt sich höflich. Die Fliege klettert innen an der Glaswand hoch. Sie trippelt kopfüber am Boden entlang. Adrian beobachtet sie bei der Suche nach dem Ausweg. Dann nimmt er den Strohhalm, knickt das kurze Ende ab und schiebt es unter den Glasrand. Er zieht an seiner Zigarette, beugt sich vor und nimmt den Strohhalm in den Mund, aber den Blick richtet er auf Tobias, der gerade etwas erzählt. Dann atmet er langsam aus. Im Glas bildet der Rauch feine weiße Ranken. Die Fliege läuft an der Seite herab. Als sie fast an der Lücke neben dem Strohhalm angekommen ist, drückt Adrian das Glas nach unten, so dass der Halm platt und die Lücke geschlossen ist. Tobias bricht mitten im Wort ab. Ich sehe, dass er ein Husten unterdrückt. Er hält den Blick von Adrian, der noch einen Zug nimmt und durch den Strohhalm ausatmet. Der Rauch quillt unter dem Rand des Glases heraus. In dem vielen Weiß ist die Fliege erst wieder zu sehen, als sie ganz oben landet, am Boden des Glases. Ihre Füße trippeln nach links, nach rechts, bleiben stehen. Dann sind sie verschwunden. Adrian zieht den Strohhalm heraus, wartet einen Moment und hebt das Glas hoch, wie ein Zauberkünstler seinen Hut.

In diesem Augenblick stellt der Kellner ein hohes, albern dekoriertes Cocktailglas vor mich hin.

»Die Aufträge haben mich gelangweilt«, plappere ich drauflos und wische das Kondenswasser an meinem Glas mit der Serviette ab. »Ich habe mir etwas anderes gesucht.« Ich rede wie auf der Akademie. Man durfte alles langweilig nennen, man durfte nur nicht sagen, dass man es nicht ertrug.

»Vermisst du Tobias?«, fragt Adrian in kaltem Ton.

»Hör auf damit.«

»Er war verliebt in dich, das war dir ja wohl klar. Ich natürlich auch.«

Meine Papierserviette rutscht vom Tisch. Wie er es macht, seine Haut plötzlich schimmern zu lassen. Haben wir das ebenfalls gelernt? Ich erinnere mich nicht. Adrian zupft an seinem Hemd. Der Duft, den er trägt, ist sportlich und teuer.

»Wenn du jetzt etwas anderes machst …«, sagt er und wartet. Ich antworte nicht. »Das verschafft uns ja ausreichend Distanz. Ich würde dich gern einmal abends treffen.«

Ich bücke mich nach der Serviette. Obwohl ich weiß, dass mir ein schweigsames Lächeln mehr nützen würde, sage ich: »Du hast ihn zurückgelassen damals auf dem Manöver. Du hast ihn liegen lassen.«

Adrians Kopf sackt auf die Brust, als hätte ich gar nichts verstanden.

»Auf dem Incentive«, korrigiert er mich müde und tupft seine rötlich verfärbten Lippen ab. Jetzt wird er doch noch auf die neue Verschwiegenheitserklärung zu sprechen kommen. Wahrscheinlich hat er sie schon dabei. Ich werde sie unterschreiben. Aber vorher muss ich noch ein paar Minuten lang die Wahrheit sagen.

»Du hast ihn liegen lassen, weil er euch die Zeiten versaut hätte.« Adrian trinkt in Ruhe einen Schluck. Einundzwanzig, zweiundzwanzig, bei Angriffen immer überlegt antworten.

»Gruppen sind wichtig«, beginnt er, einen der Lehrsätze zu zitieren. »Aber man muss auch von der Gruppe absehen können. Wir sind keine militärische Einheit. Kameradschaft ist in manchen Fällen ineffizient.« Er stellt das Glas ab.

Ich sage: »Tobias ist immer noch nicht wieder ganz gesund.«

»Ihr habt Kontakt?« Adrian sieht eine Sekunde lang alarmiert aus.

Ich könnte behaupten, dass ich mit Tobias befreundet bin. In Wahrheit hat er einmal angerufen, ein Anruf wie Adrians, und ich wollte mich nicht mit ihm treffen. Dabei mochte ich ihn auf der Akademie wirklich. Er war ein Mensch. Wir haben kurz geredet. Gesundheitlich ginge es so, sagte er. Seine Stimme klang blechern. Ich habe also im Grunde keine Ahnung, wie es ihm geht. Aber jetzt halte ich mich an meine eigene Verschwiegenheitserklärung.

»Wir haben mal telefoniert«, sage ich.

Adrian stellt seinen Fuß unter dem Tisch neben meinen, so dass sich die Knöchel berühren. Viel subtiler als ein Griff nach meiner Hand. Er beobachtet meine Wimpern. Aber ich erlaube ihnen nicht, zu flattern.

»Nun gut«, sagt Adrian, als müsse er eine Entscheidung treffen. Er richtet sich auf. Seine Hand fährt kurz über sein glattrasiertes Kinn. »Damals habe ich draußen einen Anruf bekommen. Ich hatte vorgehabt, Tobias mitzunehmen.«

Am Nebentisch fängt ein Kleinkind zögernd an zu weinen. Ein paar Sekunden lang hören wir nur sein Schluchzen. Adrian wartet und sieht hinüber. Tatsächlich verstummt das Kind, als hielte ihm jemand den Mund zu.

»Es war eine Aufgabe. Für mich und für euch.« Adrian spricht jetzt sehr leise. Sein Blick ist auf die Tischplatte gerichtet. »Wie wir im schlimmsten Fall mit einem Verlust umgehen würden für den Rest der Ausbildung. Aber es ist ja noch fast gut gegangen. Ganz so gefährlich war die Region nicht.« Er sieht zu mir hoch. »Tobias sollte die Chance bekommen, seine Schwäche zu besiegen.«

Der Staub. Ferne Schusswechsel. Angst. Ich blockiere jede Erinnerung, sobald sie auftaucht.

»Nein«, sage ich. »Die Akademie hat nicht …«

»Doch«, unterbricht mich Adrian. »Die Aufgabe kam direkt von der Akademie. Ich konnte …« Er bricht ab und senkt wieder den Blick, bevor ich sicher sein kann, ob seine Augen tatsächlich feucht glänzen.

»Schau mich an«, bitte ich. Er schüttelt den Kopf.

Ich weiß nicht, was ich sagen soll. Wie lange war ich überzeugt, Bescheid zu wissen? Eine Zeit lang habe ich noch Schlimmeres vermutet als ein bloßes Liegenlassen. Doch was Adrian sagt, ergibt Sinn. Ein Opfer. Ein Experiment. Ich schiebe mein Glas nach links und nach rechts, es ist klebrig. Adrian sitzt vor mir wie nach einer langen Gefängnishaft.

Wärme strömt in meine Fingerspitzen. Hinter den Augen brennt es.

»Ich gehe mir kurz die Hände waschen«, sage ich. Er nickt, sieht mich aber immer noch nicht an. Ich stehe auf. Von oben wirken seine Schultern schmächtig.

Drei Stufen führen in den Laden. Es sind nur ein paar Schritte bis zur Bar. Die junge Kellnerin von vorhin gießt Weißwein in ein Glas. Ich frage sie nach dem WC. Sie sieht auf, öffnet den Mund, um zu antworten, dann rutscht ihr Blick seitlich an meinem Gesicht vorbei und wird starr. Ich drehe mich um. Durch die raumhohen Scheiben sehe ich von hinten Adrian, der anders sitzt als eben, gerade und souverän, und dessen Hand über mein halbvolles Glas huscht.

»Wir haben«, sagt die Kellnerin, als ob sie es nur zufällig erwähnt, »noch einen zweiten Eingang.« Sie sieht mich an, ohne die Spur eines Lächelns.

Ich dränge mich zwischen den Mülleimern hinaus auf die Straße. Ich kontrolliere meinen Gang und meine Atmung, so gut es geht. Gelernt ist gelernt. Adrian hat Recht, ich profitiere noch immer. Wirklich gelogen hat er nur in einem: Am talentiertesten waren damals weder Tobias noch ich.

Rapunzel

Gegen die Vögel wurde nach einer Woche etwas aufgesprüht. Allerdings hätte Braun es angemessen gefunden, über die Art der Chemikalie informiert zu werden, schließlich kam das Zeug auch bei ihnen herunter. Seine Frau sagte, es schädige womöglich den Terrassenboden. Wenigstens würde nun vorerst nichts *anderes* herunterkommen. Also setzten sie sich wieder nach draußen. Nicht zum Essen, bei der Vorstellung überkam ihn ein luftleeres Gefühl im Magen. Aber war man herzlos, nur weil man die letzten sonnigen Tage noch nutzen wollte? Liebe Güte, niemand sah die ganze Zeit nach oben. Nur jetzt, jetzt auf einmal guckten alle hoch und zogen passende Gesichter. Braun sah lieber nach unten, auf das Stadtpanorama. Das war nun einmal der entscheidende Faktor gewesen. Sonst hätten sie bei gleicher Ausstattung etwas doppelt so großes im Erdgeschoss kaufen können. Oder die Terrasse überbauen und als Wohnraum nutzen. Sie hatten sie frei gelassen. Freier Himmel, freie Sicht. Das wollte man dann auch genießen. Wo schon der Turm jetzt nicht mehr angestrahlt wurde. Selbstverständlich, er begrüßte das, Pietät war eine aussterbende Tugend. Die Warnlampen für den Flugverkehr blinkten allerdings weiter, und so konnte Braun auch nachts, wenn er plötzlich erwachte und auf die Terrasse ging, alle zwei Sekunden am Turm einen Schatten sehen, etwas Längliches, das über ihm schaukelte, erschlaffte.

Ein erster Hintergrundartikel zitierte Bekannte dahingehend, dass Janina P., Name von der Redaktion geändert, eher liberale, humanistisch getönte Ansichten geäußert habe, meistens jedoch gar keine. Für Religion habe sich die Linkshänderin nicht interessiert. Tierfreundin sei sie gewesen. Ein Tierschutzverein bestätigte den regelmäßigen Eingang kleinster Beträge. Spendenquittungen habe Janina P. jedoch nie angefordert. Außerdem kam in dem Bericht ein Ex-Freund vor, der mitteilte, Janina sei vor drei Jahren, mit achtundzwanzig, noch Jungfrau gewesen. Viel mehr wisse er nicht, er habe dann bald festgestellt, dass sie doch nicht so sein Typ war. Aus Freundschaft habe er sie noch ein paar Mal zum Klettern mitgenommen, in eine Halle, wo sie sich als verlässliche Sicherungspartnerin am Boden erwies und den Gebrauch sämtlicher Gurte, Schlingen und Karabiner zügig erlernte. Die sexuelle Auffälligkeit von Janina P. beschäftigte Experten mehrere Tage lang, aber dann machte ein Reporter ihre Eltern ausfindig. Sportlich sei die Tochter nie gewesen, eher plump. Schwindelfrei dagegen schon. Wahrscheinlich. Bei Besuchen hoher Bauwerke im Familienurlaub habe Janina als Teenager üblicherweise kurz gescheut wie ein Pferd, so die Mutter, dann jedoch verstanden, dass der Eintritt bereits bezahlt war, und sämtliche erwünschten Besichtigungsgänge ohne eine Regung absolviert.

Herr Kobayashi wollte abreisen. Das sagte er dem Dolmetscher der Polizei. Der Dolmetscher raunzte, er könne in dieser Hinsicht nichts für ihn tun, und wiederholte die Frage der Ermittler. Dabei hatte Herr Kobayashi mehrfach geäußert, dass er untröstlich sei, keine weiteren Informationen über die Frau zu besitzen. Er wünschte, er säße bereits wieder im Flugzeug, auf dem Tischchen seine *Deutschen Dichter* und sein Wörterbuch und vielleicht etwas *Sauerkraut*. Mit Speck. Er war müde. Und über das Unangenehmste würde er ohnehin schweigen: Er konnte selbst nicht sagen, ob sein erster, leiser Aufschrei im Turmrestaurant der Frau gegolten hatte, die draußen vor dem Fenster hing, oder dem Fettspritzer auf seiner Krawatte. Die Reihenfolge war durcheinandergeraten. Alles wirkte so gleichzeitig wie ein Geschwader deutscher Nebensätze: die Gabel in seiner Hand, die vermutlich bereits kalte *Wurst* auf seinem Teller, den er dreimal im Kreis durch das Kuppelrestaurant getragen hatte wie bei einer Matsuri-Prozession, bis er endlich einen Fensterplatz ergattern konnte und sich setzte. Er hatte Hunger gehabt und seine Füße schmerzten von den langen Wegen zwischen der Bibliothek, dem Museum und dem Turm. Er stach die Gabel in die *Wurst,* sah einen rötlichen Tropfen auf seine helle Krawatte zufliegen, wich zurück, senkte das Kinn Richtung Hemd, um die Flugbahn abzuschätzen, sah vielleicht deswegen unter dem Tresen hindurch, der rundum an der gewölbten Fensterfront aus Panzerglas verlief, sah an seinen eigenen Füßen vorbei nach draußen, am Turm hinab, entdeckte die Frau, die dort unten an einer Art Rucksack hing, unten, aber auch oben, über allen anderen Dächern, sie hielt irgendein technisches Gerät in der Hand, der Fettspritzer landete auf der Krawatte, Herr Kobayashi hörte einen Schrei. Seinen eigenen. Dann musste er trotz allem einen Moment überlegen. Er wählte den einfachen Satz *Bitte entschuldigen Sie vielmals,* um sich an seine deutsch aussehende Sitznachbarin zu wenden, und wies anschließend stumm, denn für eine Situation wie diese gab es im Sprachkulturführer keinen passenden Ausdruck, mit beiden Händen aus dem Fenster – dem Fenster des Restaurants in der Kuppel des Turms in der Mitte der Stadt, aus der Herr Kobayashi jetzt so schnell wie möglich abreisen wollte.

Ein Boulevardsender schickte trotz der absoluten Luftraumsperre sofort eine Kameradrohne hoch. Per eingebautem Lautsprecher und Mikrofon versuchte man, ein Interview mit Janina P. zu führen. Das gesendete Bild war erstaunlich ruhig. Es sah aus, als schwanke statt Janina P. der Turm hinter ihr. Und sein Beton, ein optisch ansprechender Zufall, schien von exakt der gleichen Farbe zu sein wie ihre Augen. Sie hing etwas unelegant in einem grellrosa Klettergeschirr, besaß keine nennenswerte Oberweite, dafür recht dicke, schmutzblonde Haare, die offenbar kürzlich einen preiswerten Schnitt erhalten hatten. Für die Sendung mussten die Bilder mit einem Off-Kommentar unterlegt werden, weil Janina P. zwar aufmerksam in das fliegende Kameraauge blickte, doch auf die Fragen, die aus dem Lautsprecher dröhnten, nur phlegmatisch den Kopf schüttelte, als sei alles gesagt. Immerhin konnte die Drohne noch filmen, wie Feuerwehr und Polizei den Nachmittag über versuchten, die Frau vom Turm zu entfernen. Niemand kam näher an sie heran als bis auf das Podest für die Fensterputzer, von dem sie sich abgeseilt haben musste. Nach einigen Stunden wurde auch das Podest nicht mehr betreten und die Drohne konfisziert.

Der dritte Nachtdienst in dieser Woche begann für Polizeisprecherin Susanne Redlich vor dem Souvenirladen des Turms. Es war ihr peinlich, vor die bunte Ladenfront gestellt zu werden, doch die Reporter erklärten, das ganze Bauwerk passe ohnehin nicht ins Bild, Froschperspektive mache dick, und am Souvenirladen stehe wenigstens der Name des Turms. In den folgenden Tagen behielt man den einmal gewählten Hintergrund aus praktischen Motiven bei, und somit verband sich die Tat von Janina P., verband sich die Täterin selbst im Gedächtnis der Zuschauer für immer mit turmförmigen Spardosen, mit Schlüsselanhängern aus Plüsch, Salz- und Pfeffersets, T-Shirts im Turmdesign und mit den Schulterklappen von Susanne Redlich. Am ersten Abend teilte sie im Interview zunächst das Offensichtliche mit: Man habe die weibliche Person am Turm nicht in Sicherheit bringen können. Zur Identität sei bislang bekannt, dass es sich um eine, guck nicht auf den Zettel, dachte sie, guck in die Kamera, 31-jährige Spülkraft aus dem Turmrestaurant handele. Nein, Fenster gebe es in der Spülküche keine, sie liege fast genau in der Mitte der Kuppel, neben dem Fahrstuhlschacht. Nach Auskunft der Restaurantleitung habe Janina P. ihren Arbeitsplatz meist betreten und verlassen können, ohne gesehen zu werden. Von der Spülküche führe ein Flur zu den äußeren Technikräumen. Die Polizeisprecherin schöpfte einen Atemzug, der ihre Schulterklappen um mehrere Zentimeter hob. Nach ersten Erkenntnissen, sagte sie, habe die Täterin einen, konzentrier dich, berührungssensitiven Sprengsatz, von dem zur Zeit jedoch keine, sie wiederhole, keine Gefahr für die Bevölkerung ausgehe, über sich am Seil befestigt; man arbeite an einer Möglichkeit, ihn zu entschärfen, was aufgrund der Höhe und der Windsituation, sag es positiv, eine Herausforderung darstelle. So weit. Die Schulterklappen waren unten angekommen, Susanne Redlich atmete wieder ein. Geäußert habe sich die Täterin nicht, weder von selbst noch auf Zuruf, und es seien bisher keinerlei Forderungen aufgetaucht. In diesem Moment konnte die Polizeisprecherin ihr Gähnen nicht mehr unterdrücken, aber sie wusste, man würde es herausschneiden.

Es ist dunkel. Hoch über der nächtlichen Stadt knarrt das Seil. Aus dem linken Hosenbein der Frau, die sich sacht dreht, fallen ein paar Tropfen und werden davongetragen. Fernes Hupen dringt herauf. Elf Stunden sind vergangen, als die Frau eine Bewegung mit dem linken Arm macht. Es ist null Uhr. Ihr Blick ruht auf den Dächern. Einen Moment lang halten die Lichter der Stadt still. Einen Moment lang drängt sich niemand vor, zwingt niemand jemand anderen, etwas zu glauben, einen Moment lang wird nicht der beachtet, der am lautesten grölt. Friedlich sieht es von hier oben aus. Als ob jeder jeden in Ruhe lässt. Es sieht aus, als wäre das möglich. Sie greift in die Tasche ihrer Outdoorhose und führt die Hand zum Mund. Die Schluckbewegung ihres Kehlkopfes, das Schließen ihrer Augen, die Zuckungen, die noch etwa eine Stunde anhalten und dann verebben, liefern das Schlagwort für den nächsten Tag.

Trotzdem warfen islamische und türkische Gemeinden den Behörden vor, das Wort *Selbstmordanschlag* erst dann benutzt, die Verbindung vom Suizid Janina P.s zum Terrorismus erst dann gezogen zu haben, als der Ort Antalya ins Spiel kam. Das wiederum hatte mit den Meerschweinchen der Täterin zu tun. Eine Bekannte hatte die Tiere in Pflege genommen, der Aussage Glauben schenkend, Janina P. reise zum Strandurlaub nach Antalya. Die Bekannte fand keinen Grund, daran zu zweifeln, obwohl Janina P. zuvor so gut wie nie verreist war, das habe sie sich nicht leisten können. Antalya. Es wurde ermittelt. Medien sprachen von einer Art Code, einem Hinweis, wie der Terrorakt zu deuten sei. Sofort konterten die Gemeinden, die Täterin habe durch ihre *problematische Wohngegend* womöglich eher Kontakte in die rechte Szene besessen. Das werde man wohl noch sagen dürfen, und das sagte man auch. Lautstark bezichtigte man einander der Lüge. Nur zwei neue Ermittlungsergebnisse wurden von niemandem in Zweifel gezogen: Janina P., so teilten die Behörden mit, sei als Schülerin gut in Chemie gewesen und habe bei ihrer Reinigungstätigkeit im Turmrestaurant Zugang zu potentiell gefährlichen Substanzen gehabt.

Er war zuhause. Erleichtert, etwas steifbeinig, doch tadellos gekleidet entstieg Herr Kobayashi der Maschine. Aber als er im Terminal 2 des Flughafens Tokyo-Narita stehen blieb und zu den Monitoren der Nachrichtensender hochsah, war der Turm, war die Frau, war das Wort längst da. Es war schneller gewesen als er. Ihm fiel die deutsche Sage ein, die er auf dem Hinflug gelesen hatte. *Das Märchen von dem Hasen und dem* – war es ein Stachelschwein gewesen? Die Tiere liefen um die Wette, das kurzbeinige Stachelschwein hatte einen besonderen Trick und war immer schon da, und der Hase rannte sich zu Tode.

Das Wort *Selbstmordanschlag* war schon da, und Herr Kobayashi dachte, also ist sie gestorben. Er dachte an ihre Haare, die so deutsch gewesen waren, *Goldmarie,* auch der zungenbrecherische Name *Margarethe* fiel ihm ein, wo hatte er den nun wieder gelesen, ihr wirklicher Name wurde ja nirgends genannt. Sie war also gestorben, und wahrscheinlich war das besser für sie. Er schauderte bei dem Gedanken, wie man sein Leben fortsetzen sollte, nachdem man sich derart entblößt hatte. Die Seele der Frau musste sehr krank gewesen sein. Herr

Kobayashi nahm seinen Koffer vom Band, klopfte ihn ab und ging zum Ausgang.

Die Wohnung war mit Scheinwerfern vollgestellt. Pieps sei nicht nachtragend gewesen und selten beleidigt, sagte die Bekannte, ein Meerschweinchen auf dem Schoß.

Pieps war das Geräusch, mit dem die TV-Redaktion später den echten Vornamen Janina P.s unkenntlich machte, weil er der Bekannten wieder und wieder herausrutschte.

Es habe Pieps im Gegenteil immer total geärgert, wenn jemand die beleidigte Leberwurst spielte. Sie könne auch mal beleidigt sein, und zwar richtig, habe sie gesagt, aber das sei niemals passiert. Sie sei nie wütend oder laut geworden. Nur einmal, als man zusammen ferngesehen habe. Sie selbst, die Bekannte, habe den Fernseher nach dem Krimi eigentlich ausschalten wollen, aber es sei so schöne Musik gewesen am Anfang der nächsten Sendung. Irgendetwas über eine Partei oder Religionsgemeinschaft, das habe sie vergessen, deren Mitglieder sich durch eine Prozession, eine Parade, einen Flohmarkt oder so gekränkt gefühlt hatten. Ein paar Wagen oder Stände waren stark beschädigt worden, und am Ende hatten die Veranstalter zugestimmt, irgendetwas zu unterlassen. Es sei ein ruhiges und verständnisvolles Stück gewesen, um Gefühle sei es gegangen, dass man sie achten solle. Alles ganz harmlos, sagte die Bekannte, und das Meerschweinchen versuchte, seitlich von ihrem Schoß zu rutschen, aber mittendrin sei Pieps plötzlich aufgesprungen und in die Küche gerannt. Sie habe vor Wut gezittert und sich erst nach einer halben Tafel Vollnuss wieder beruhigen können. Sie, die Bekannte, habe den Ausbruch nicht verstanden. Aber Pieps sei eine Seele von Mensch gewesen, eine Seele, das könne ihr keiner, und diese Leute, die jetzt im Nachhinein schlecht über sie redeten, das Meerschweinchen quiekte, ach Gott, Rapunzel, entschuldige.

Von seiner Dachterrasse aus konnte Braun sich die tägliche Einschätzung der Situation ja wohl absolut erlauben. Geschäftspartner und Freunde kontaktierten ihn telefonisch, meist morgens, und er ging mit dem Fernglas hinaus wie zu einer Wetterstation. Erst wurden die Gespräche noch in dumpfer Tonlage geführt und waren geprägt von Erschütterung und Wut über die Unfähigkeit der Spezialisten. Aber das änderte sich bald. Alles noch an ihr dran, sagte Braun zum Beispiel. Am fünften Tag nach dem Tod der Frau riskierten bereits einige Anrufer scherzhafte Rückfragen, die genaue Quantität und Form von allem, was noch dran sei, betreffend, wobei das im Fernsehen schon zufriedenstellend abgebildet worden war. Braun selbst fragte sich, ob ihre

Haare noch wuchsen, oder ob sie schon ausfielen und langsam, eines nach dem anderen, vom Turm herab segelten. Durch das Fernglas konnte er gerade noch erkennen, dass sich an ihrem Kopf etwas im Wind bewegte. Er lehnte sich zurück. Inzwischen benutzte er einen Liegestuhl. Der Empörung seiner Frau hatte er entgegnet, es sei ihm egal, wonach das aussehe, er hole sich doch wegen der Verrückten keine Genickstarre. Er stellte das Fernglas neben sich auf die Fliesen. Da hänge jetzt eine Leiche, mitten über ihnen, und keiner könne etwas dagegen tun, hatte seine Frau geschrien und wieder zwei Nächte *ganz, ganz schlecht* geschlafen. Am dritten Tag hatte Braun sie beim Nachhausekommen mit einer Zeitschrift in der Nähe der Terrassentür erwischt. Man gewöhnte sich eben an alles. Aber so langsam wurde eine andere Geschichte daraus. So langsam mussten die Schlaumeier liefern. Es war nicht mehr komisch. Die Immobilienpreise in der Gegend fielen schon. Man hatte es mit einer Konstruktion aus weißer Folie probiert, einer Art Beutel, als Sichtschutz. Einen Tag lang hatten sie versucht, das Ding anzubringen, aber am Ende abgebrochen. Der Wind, die Bombe am Seil, keine Chance. Debil, das musste man schon sagen, war die Frau nicht gewesen. Sie hatte gewollt, dass man sie so sah. Warum auch immer. Ein uralter Pfarrer oder Pastor war angekarrt worden wie aus dem Jenseits, die Wege des

Herrn sind tralala, manches schmerzt desto bitterer, weil wir keine Erklärung, und obschon uns auch Alpträume heimsuchen, und dann hatten sie ihn wieder weggestellt. Eine neue Drohne lieferte neue Bilder. Diesmal tauchten sie nur im Internet auf, weil die etablierten Medien nach der Sichtung übereingekommen waren, das Material nicht zu zeigen. Schwachsinn. Ein toter Körper an der Luft, im Regen, in der Sonne, das konnte sich ja jeder ausrechnen. Braun schaute hoch. Immerhin keine Vögel mehr. Auch von hier aus war sie im Prinzip sehr klein. Ohne Fernglas kaum mehr als ein Strich, ein Stäubchen, wie es seine Frau täglich von dem niedrigen Glastisch im Wohnzimmer wischte. Er betrachtete die anderen Dächer ringsum. Statistisch gesehen war es äußerst unwahrscheinlich, dass irgendein Teil ausgerechnet bei ihnen … Braun stellte fest, dass sein Hemd zu dünn war für die erste Herbstkühle, und ging hinein, sich umziehen.

Denk an das neue Büro, dachte Susanne Redlich, denk an das Büro und zieh es durch. Sie konnte mit den Augen lächeln, dass es echt aussah. Die Journalisten rissen sich um sie. Auch die von CNN und Al-Jazeera. Nach einer Kamerauntersuchung des Seils begann die Polizeisprecherin, und der Analyse von mehr als dreihundert Zeugenaussagen, dein eigenes Büro und keine Nachtschicht mehr, so hat er es gesagt, sie kam ins Stocken, hätten sich nun, habe sich nun der Sachstand geändert. Es wurde still. Sehr hilfreich sei die Aussage eines japanischen Touristen gewesen, der von einer Art Gerät gesprochen habe, einem Gegenstand mit Kabeln, den die Täterin kurz nach dem Abseilen noch in der Hand gehalten habe. Aus allen zugänglichen Informationen könnten die Einsatzkräfte jetzt den Schluss ziehen, Susanne Redlich ließ das Lächeln in ihren Augen verblassen, es handle sich bei dem Sprengsatz, der sich weiterhin etwa einen halben Meter über der, sag nicht Leiche, inzwischen verstorbenen Täterin befinde, also, es handle sich dabei um einen Sprengsatz mit Zeitzünder. Mit aktiviertem Zeitzünder.

Sind Sie eine Person? Die Worte fielen ihm beim Aufwachen wieder ein, am Tag der geplanten Räumung. Immer fragte er das, wenn jemand das Turmrestaurant allein betrat. Die anderen Kellner fragten es auch. Noch nie hatte er über die Formulierung nachgedacht. Noch nie hatte ihn jemand nach der Frage so angesehen. Erst an diesem Blick hatte er seine Kollegin Janina erkannt. Es war ihr freier Tag. Was sie denn hier tue, fragte er mit einem Lachen und wischte sich die Hände an der Schürze ab. Sie zeigte ihre Eintrittskarte vor und sagte, sie wolle auch einmal die Aussicht genießen. Wie bitte, sie brauche doch keine Karte, aber sie bestand darauf, das Stück Papier, das sie gekauft hatte, bei ihm abzugeben. Dann setzte sie sich an einen Tisch in der zweiten Reihe, bestellte einen Kaffee und blieb knapp eine Stunde. Sie gab ihm Trinkgeld. Am nächsten Tag hatte sie wieder Dienst, aber er sah sie nicht, und bald hatte er die Begegnung vergessen. Heute Abend fing er im Ratskeller neben dem Turm an. Wenn bei der Räumung nichts passierte. Freie Tage hatte er langsam genug gehabt. Er freute sich. Neue Kollegen, neues Kassensystem. Und vor allem keine Aussicht. Ihm war egal, ob das Turmrestaurant wieder öffnete. Die Aussicht hätte ihn fertiggemacht, nach allem, was passiert war.

Er schaltete den Fernseher ein. Die Feuerwehr fuhr schon mit Lautsprechern durch die Innenstadt. Ein Sprengmeister des Kampfmittelräumdienstes sagte frisch rasiert im Interview, eine vollständige Evakuierung sei im Grunde nicht nötig, es genüge, Türen und Fenster geschlossen zu halten, speziell die Dachfenster. Es gehe hier ja nicht um eine schwere Weltkriegsbombe, sondern um einen vergleichsweise kleinen Sprengsatz. Bloß sei die Lage des Körpers, des Sprengkörpers, eben etwas unangenehm, insgesamt und für ihn selbst in Sachen Geruch, und es könne nun einmal passieren, dass –

Der Bildschirm wurde schwarz.

Er hielt die Fernbedienung in der Hand, den Daumen noch auf dem Aus-Knopf. Janina hatte etwas gesagt. Sie hatte doch etwas gesagt, als sie ihn nach seiner Frage so angesehen hatte. Verschwommen tauchte ihr Bild vor ihm auf. Die Lippen bewegten sich wie hinter Milchglas. Er versuchte, in der Erinnerung von ihnen abzulesen. Dann fiel es ihm ein.

Ja, hatte sie geantwortet, ja, ich bin eine Person.

Lametta

M. Kashani ist ungefähr 30 Jahre älter als ich und zehn Zentimeter kleiner, er sitzt den ganzen Tag auf einem Hocker, seine Manschetten glänzen speckig im Licht des U-Bahnhofs, er hat noch nie einen ganzen Satz zu mir gesagt außer *Was soll sein für Sie,* und ich liebe ihn.

Dass er M. Kashani heißt, weiß ich nur von dem welligen Zettel, der in einer Ecke des Kioskfensters klebt. *M. Kashani bei Notfall* steht darauf, und eine Handynummer. Schriftart Times New Roman. Am linken Rand, wo das Blatt abgeschnitten wurde, sieht man gerade noch einen zarten Bleistiftstrich. Mit Lineal gezogen. Ich stelle mir vor, dass M. Kashani ihn gezogen hat, langsam und gewissenhaft, wie es seine Art ist. So öffnet er sein Schiebefenster, so arrangiert er die Kaugummipäckchen in den Aufstellern, so hat er mir fünf Snickers hingelegt und so hat es angefangen. Nein, langsam und gewissenhaft hat es überhaupt nicht angefangen, ich habe mich weder langsam noch mit irgendeinem Teil meines Gewissens in ihn verliebt, aber es ist passiert, während M. Kashani mir fünf Snickers hinlegte.

Das war vor drei oder vier Monaten. Ich kam von der Arbeit und konnte ihn nicht sehen. Statt seines Gesichts sah ich den Senior Consultant, der jeden meiner Vorschläge weggewedelt und am Ende meiner Präsentation belustigt geschnaubt hatte: »Das war der Beweis, dass auch Gedanken blond sein und size zero tragen können.«

Ich hatte mir unwillkürlich in die Haare gefasst, war aber stehengeblieben und hatte laut gesagt: »Darf ich zum Heulen dein Büro benutzen?«

Deshalb sah ich erst nur eine Hand. Und die Art, wie sie die fünf Snickers, die ich dringend brauchte, vor mich hinlegte. Wie große Geldscheine. Einen Riegel nach dem anderen, alle mit der Schrift in eine Richtung. Die Hand, die das tat, war oliv mit gepflegten Nägeln und einer winzigen Schnittwunde am Zeigefinger. Ich sah den Schnitt, und plötzlich ging er mit einem Flüstern durch meine eigene Haut. Unsichtbar. Es brannte. Mir wurde heiß, und als wäre ein Kippschalter umgelegt worden, dachte ich an Sex. Ich sah dem Kioskverkäufer ins Gesicht und mein gesamtes Kleingeld rollte über die Theke. Er war mindestens Mitte fünfzig. Über der breiten Stirn war sein ansonsten schwarzes Haar grau und präzise zur Seite gekämmt, was so seriös wirkte, als verkaufe er neben Schokoriegeln und Zigaretten auch hochspezialisierte Labortechnik oder Teile für Windkraftanlagen. Seinem Blick konnte ich keine drei Sekunden standhalten. Mir wurde übel. Mit zittrigen Fingern versuchte ich, die Münzen einzusammeln. Er half mir dabei. Sein Hemd saß gut, nur die Manschetten waren abgerieben.

M. Kashani. Nach ein paar Wochen habe ich gemerkt, dass er immer die gleichen zwei Hemden trägt, entweder taubenblau oder weiß, und das Blaue hat einen Webfehler am Kragen. Die Handynummer von dem Zettel kenne ich inzwischen auswendig. Sie ist sehr schön. Niemals würde ich sie anrufen. Manchmal, wenn ich weg bin, wenn ich in einem Messehotel am Fenster stehe, flüstere ich die Nummer vor mich hin, über die Dächer. Nicht die Vorwahl, die ist die gleiche wie bei ein paar meiner Kollegen. Nur die letzten acht Ziffern. Sechs, fünf, vier, drei, wie ein Countdown, dann siebensieben, und zwei-zwei am Ende. Zwei Menschen und etwas Magisches. Wenn ich gerade eine Präsentation gehalten habe, atme ich mit geschlossenen Lippen M. Kashanis Handynummer ein und aus. Sie schirmt mich ab von dem Schweigen im Konferenzzimmer. Dann warte ich nicht mehr auf *Feedback,* sondern darauf, ihn wiederzusehen.

Heute sind zwei Kunden vor mir dran. Ich murmele die Nummer wie einen Zauberspruch. Gleich wird M. Kashani mich fragen, was für mich sein soll. Als ob ich ihm das je gestehen könnte.

Sechs, fünf, vier, drei. Eine U-Bahn fährt ein. Ich könnte den Zettel schon lesen, wenn ich wollte, aber ich mache die Augen zu. Sieben, sieben, sage ich, jetzt richtig laut, als wäre es ganz normal und in Ordnung, oder als hätte ich eine Freundin dabei, der ich mein Herz ausschütten kann. Zwei, zwei. Die U-Bahntüren schlagen zu. Ich mache die Augen auf, trete einen Schritt vor, mein Mund lächelt von allein und M. Kashani lächelt zurück. Ganz oben hinter meinen Rippen beginnt ein Unwetter. M. Kashani öffnet den Mund und sieht mich an. Aber er sagt nichts. Seine Lippen bewegen sich, aber er sagt einfach nichts. Das ist der Moment. Genau jetzt. Alles ist klar, magisch und richtig. Sieben, sieben. Zwei, zwei.

»Ich …«, sage ich, aber ich kann mich selbst nicht hören. Das Unwetter wird immer lauter, der Donner ist nicht in meinem Körper, sondern neben mir, der letzte U-Bahn-Waggon rollt vorbei, und natürlich hat M. Kashani etwas gesagt.

»Was soll sein für Sie«, wird er gesagt haben, mit seiner geduldigen, knisternden Stimme, in den Lärm hinein, und ich konnte es nicht hören. Ich habe es verpasst. Die abwartend gefalteten Hände verschwimmen vor meinen Augen. Es ist plötzlich still. Ich muss etwas sagen. Die gelben Gauloise, bitte. Ein Becks. Oder die FAZ. Es darf absolut nicht wahr sein, aber von allen Dingen auf der Welt, die man sagen kann, sage ich: »Einmal Pommbär.«

Es fühlt sich an, als ob mir dabei Rotz aus der Nase läuft.

Ohne eine Regung und ohne den Blick von mir abzuwenden, greift M. Kashani zur Seite, blind, und legt mir die rotglänzende Tüte hin. Direkt vor mich, auf die Außenseite der Durchreiche, mit beiden Händen, wie etwas Massives. Ich sehe nur einen roten Fleck. Dann mache ich einfach die Augen zu, wie ein Kleinkind, das denkt, man könnte es auf diese Weise nicht mehr sehen. Als ich sie wieder aufmache, kauft der nächste Kunde ein Feuerzeug.

Erst auf der Treppe zum Ausgang merke ich, dass ich nicht bezahlt habe. Doch ich schaffe es auf keinen Fall noch einmal zurück. Ich trete unter dem großen blauen U hervor in die Nacht, das Pommbärkissen drückt sich an meine Brust und etwas zerbröselt darin.

Ich bin 29, habe einen Abschluss in Wirtschaftsinformatik und eine von drei Einstiegspositionen in der deutschen Niederlassung von Faltin & Grey. Ich habe keine Zeit für die Stimme von M. Kashani. Ich brauche meinen Schlaf. Abends lese ich normalerweise Artikel über Verhandlungsstrategien oder gehe zum Sport. Ich weiß, das klingt nicht unbedingt sympathisch. Das klingt nicht mal bedingt sympathisch. Ist mir egal. Ich muss vor allem durchkommen. Dafür brauche ich Respekt und keine Sympathie. Im Englischen heißt *sympathy* Mitleid.

Als ich die Pommbärtüte im Hof in den Müll werfe, fällt mir das Buch wieder ein. Wir hatten es in der Schule. Ich weiß nicht mehr genau, wovon es handelte, weil ich mir vor der Klausur wie immer nur die Zusammenfassung und die Kurzinterpretation heruntergeladen hatte. Plötzlich, als hätte er in der Mülltonne gewartet, ist der Titel wieder da. *Das Buch der lächerlichen Liebe.* Meine Klausur war die drittbeste. Super, Nadine, sagte die idealistische Deutschlehrerin. Als Leistungskurs habe ich dann aber Mathe gewählt, das brachte mehr. Die Mülltonne stinkt. Ich lasse den Deckel los.

Am nächsten Morgen wache ich verschwitzt auf. Während mein Bewusstsein sich hochfährt, höre ich ein

Geräusch. Es ist das Geräusch, das die Luft macht, wenn man sie durch die Zähne zieht, weil etwas so wehtut. Oder weil einem eine Sache wieder einfällt, für die man sich wahnsinnig schämt. Eine Sache oder zwei. Erstens: Pommbär. Zweitens: Ich habe die ganze Nacht in einem Hundekorb zu M. Kashanis Füßen gelegen. In seinem Kiosk. Meine Hundedecke war sehr weich; Getränkekästen und Regale schwebten wie Schutzschilde um mich herum und einmal strich M. Kashani mir über den Kopf. Seine Hand war schwer und wusste alles von mir. Alles. Ich rapple mich hoch. Dann reiße ich noch im Aufstehen die Bettwäsche herunter, zerre sie ins Bad und stopfe sie in die Waschmaschine.

Ein paar Tage lang benutze ich statt der U- die S-Bahn. Einmal fahre ich mit dem Rennrad. Es ist Sommer und ich kann das Rad ins Büro mitnehmen. Aber ich halte es einfach nicht aus. Am Samstag, die Abendsonne liegt lässig auf der Kreuzung und alle Leute scheinen mit anderen Leuten was trinken zu gehen, stehe ich unter dem blauen U vor der Treppe. Meine Fußspitzen berühren die Kante der obersten Stufe. Ich trage ein ärmelloses Kleid, das eben in meiner Wohnung noch eine schöne Farbe hatte. Taubenblau, dachte ich, jetzt kommt es mir grau vor. Es ist das falsche Kleid, und auf meinen Dielen liegt ein Haufen aus drei weiteren falschen Kleidern, vier Röcken und zwei T-Shirts. Eins davon mit Pailletten.

»Du stehst im Weg.« Jemand rempelt mich an und ich greife nach dem Treppengeländer. Mit jedem Schritt wird das Licht gelber und künstlicher. Auf der zehnten Stufe ist ein Kaugummifleck. Wenn ich in Kaugummi trete, geht es schief. Ich werde die Pommbären bezahlen. Ich werde mit M. Kashani reden. Wenn er da ist. Er ist so gut wie immer da. Fast zwei Wochen lang habe ich seine Stimme nicht gehört. Wahrscheinlich spricht er gar kein Deutsch. Außer *Was soll sein für Sie.*

Das Schiebefenster zwischen den gelben Kacheln ist offen. M. Kashani ist da. Er bedient einen offensichtlich minderjährigen Kunden, der mit zwei anderen Jungs Zigaretten kauft. M. Kashani neigt den Kopf in einer angedeuteten Verbeugung, schiebt langsam die Packung nach vorn und lächelt genau so lange, wie die Transaktion dauert. Am Fuß der Treppe stehe ich und begreife sein Lächeln. Ich begreife die Vergeblichkeit. Die unabwendbaren Dinge. Manche sind leicht und manche sind schwer. Wenn er den Jungs die Zigaretten nicht gibt, kriegen sie sie woanders. Wenn er mich in diesem Leben nicht liebt, muss ich sterben. Ganz einfach.

Ich mache zwanzig Schritte, während er das Geld in die Kasse sortiert. Als er den Kopf hebt und mich ansieht, merke ich, dass ich mir keine Worte überlegt habe, die ich sagen kann. Er sitzt beängstigend nah vor mir. Ich sehe zwischen den zwei Augen von M. Kashani hin und her, hin und her, wie eine Irre, hin und her, ich entscheide mich für ein Auge, es ist braun. Gemasert wie ein Holz, das man nicht fällen darf und das er gefällt und geschliffen und auf Hochglanz poliert hat. M. Kashani sieht mich an. Jetzt müsste er den üblichen Satz sagen. Es ist keine U-Bahn in Sicht, ich könnte seine Stimme gut hören. Nichts. Als ob er wartet. Vielleicht bin ich dran. Hoffentlich sage ich nicht das mit dem Holz. Holz. Holz. Holz. Holz. Er senkt den Blick und ich auch. Da liegen auf dem schmalen Verkaufstresen meine Hände, die gerade etwas gemacht haben müssen, gestikuliert oder gezittert oder einander die Nägel ausgerissen, jetzt liegen sie ruhig da, fest, und die Hand von M. Kashani ist genauso schwer wie in meinem Traum.

»Geht Ihnen nicht gut«, sagt er.

Genauso schwer. Trocken. Und kühl. Als ob ich nie mehr irgendwo hingehen müsste.

»Geht nicht gut?«, fragt er, und ich sage »doch«, ich muss mich räuspern, »doch.« Dann springe ich aus einem Flugzeug und mache eine Kopfbewegung zu unseren Händen hinunter. »Jetzt ja.«

Es vergehen schätzungsweise zwei Leben. Ich kriege den Blick nicht weg von seiner Hand, durch die jetzt ein leichtes Zittern geht, ein Flackern wie von fallendem, rollendem Kleingeld. Ich höre M. Kashani tief einatmen. Es ist das Geräusch, das die Luft im Hals macht, wenn einem etwas klar wird. Er zieht die Hand zurück.

Die erbarmungslose Hälfte meiner Gedanken beobachtet mich von den Neonröhren an der Decke aus und stellt fest: Jetzt ist es gelaufen. Mein Gesicht brennt.

Da sagt M. Kashani in absolut präziser Aussprache, beinahe schon überartikuliert: »Hildegard, sagen Sie jetzt nichts.«

Ich bin so verblüfft, dass ich ihn offen anstarre.

Sein Gesicht ist ernst, nur um die Augen zuckt etwas.

»Ah«, sagt er. »Immer hilft. Loriot immer hilft. Deutschland besten Komiker. Hilft auch bei lieben Schock.«

Ich fange erst bei dem Wort Schock an zu heulen.

Die nächste U-Bahn sehe ich nicht mehr einfahren, ich muss nicht heulend zwischen fünfzehnjährigen Jungs herumstehen, die Zigaretten kaufen, denn M. Kashani verschwindet, öffnet von innen die gelbe Metalltür, tritt heraus und schiebt mich an den Schultern in seinen Kiosk, wo er das Fenster zumacht, die Jalousie herunterlässt und mich auf einen Klappstuhl neben dem Zeitungsständer bugsiert. Er greift in die Auslage und legt mir drei Packungen Taschentücher in den Schoß. Dann dreht er mir den Rücken zu und hantiert mit Gegenständen, während ich mich willenlos schnäuze.

Wahrscheinlich, versuche ich dabei zu denken, stimmt mit mir schon länger irgendwas nicht. Stressbedingt. Als ich noch im Traineeship war und mehrere Zusatzprojekte betreute, war ich zum Beispiel mal ein halbes Jahr in Nikolaus von Kues verliebt. International vernetzter Managertyp und Politiker, schweinecool und seit gut fünfhundert Jahren tot. Ich hatte nachts, weil ich nicht schlafen konnte, zwei Stunden lang bei Wikipedia auf »zufälliger Artikel« geklickt und dabei seinen Eintrag gefunden. Meinem damaligen Freund habe ich nichts davon gesagt. Es wurde ziemlich heftig, ging aber auch wieder weg. Es wird wieder weggehen, versuche ich zu denken, denke es aber nicht, stattdessen denke ich in einer Endlosschleife, dass ich M. Kashani liebe, dass er das jetzt weiß und dass er gleich etwas Taktvolles, bestimmt auch Kluges dazu sagen wird, bevor er mich nach Hause schickt, wo ich in Würde sterben kann.

Als ich mich fertig geschnäuzt habe, dreht er sich um, reicht mir einen Becher, in dem ein paar braune Krümel schwimmen und setzt sich selbst mit einer Tasse mir gegenüber auf einen Hocker. Ich tauche den Blick in den Dampf, und als er davon wieder trübe wird, schicke ich ihn halsbrecherisch nah an M. Kashanis Gesicht vorbei. Auf dem weiß lackierten Zeitschriftenhalter hinter ihm klebt das Passfoto einer schwarzhaarigen Dame. Es klebt halb über dem Zeitschriftenlogo von *Bild der Frau*. Etwas berührt mein Knie, aber ich sehe nicht hin. Die Dame auf dem Bild trägt eine hochgeschlossene, violettseidene Bluse mit einer Art Schärpe. Das Kinn hält sie gerade. Sie sieht aus wie eine Königin. Sie ist wunderschön. Ihr Blick ist mitten in den einen Quadratmeter gerichtet, der von M. Kashani, meinem halbtoten Herz und mir vollständig ausgefüllt wird.

Der Quadratmeter riecht nach Instantkaffee und nach etwas anderem, einer nassen Rasenfläche vielleicht oder geschälten Äpfeln. Sofort muss ich mich wieder hinter dem Taschentuch verschanzen, weil der Geruch eindeutig von M. Kashani ausgeht, von dem grauschwarzen Bartschatten, der in seinem Kragen verschwindet, dem Kragen des blauen Hemds, und weil ich M. Kashani auf einmal vor dem Spiegel meines Badezimmers stehen sehe, mit offenem Hemd, wie er sich rasiert, gewissenhaft, langsam, mit einer Klinge, und dann sieht er mich durch den Spiegel an und ich stehe hinter ihm und bin nackt.

»Okay, Sie küssen mich«, sagt er.

Ich bin nicht nackt, es gibt hier keinen Spiegel, und M. Kashanis Hemd ist zugeknöpft, deswegen hat er garantiert nicht gesagt, *Okay, Sie küssen mich,* und dann sagt er es noch einmal. Nur dass er mich diesmal duzt.

Ich bin aus Zeitungspapier. Aus Alufolie. Jedenfalls aus einem Material, das sich nicht von selbst bewegen kann und schon gar niemanden küssen.

Er hat die Handflächen aneinandergelegt und erklärt mir etwas, das mit der Realität zu tun hat und mit Träumen, die niemals, leider, aber was soll man. Und allein schon, dass er jetzt mindestens vier Sätze an mich gerichtet hat, macht es mir völlig unmöglich, auch nur einen davon zu verstehen. Bis er die Hände fallen lässt und sagt: »Okay. Ist sehr einfach. Loriot. Ja? Loriot würde ausdrücken: Träume … war mehr Lametta.«

Ich nicke. Natürlich. Lametta. Das habe ich verstanden. Endlich weiß ich, aus welchem Material ich bestehe, Lametta, ganz logisch, ich habe keinerlei Gewicht und möchte glitzern wie vor Heiligabend. Heiligabend, der jetzt da ist, als M. Kashani mir mit einem bodenlosen Seufzer den Kaffeebecher aus der Hand nimmt, sich vorbeugt, eine Hand in meinen Nacken legt und mich küsst.

Es ist der schlimmste Kuss meines Lebens.

M. Kashani küsst mich grob und mit dem sauren Geschmack von Instantkaffee. Seine Zunge ist ein Lappen, den er mir in den Mund stopft, außerdem achtet er genau darauf, dass eine Ecke des Zeitungsregals sich möglichst tief in meine Schulter bohrt. Er sabbert. Seine Finger krallen sich in meine Haare, ich glaube, er reißt ein Büschel aus, dann lässt er meinen Nacken plötzlich los, so dass meine Unterlippe gegen seine Zähne prallt. Spätestens, als ich mein Blut schmecke, ist mir klar, was er vorhat. Er will meine Liebe austreiben wie einen Teufel. Gleich wird er irgendwas anzünden, vielleicht eine Packung American Spirit, und mein Herz damit ausräuchern. Reinigen. Still legen. Er ist fast ganz aufgestanden und kauert über mir, er presst seinen mittefünfzigjährigen Kioskverkäuferbauch an mich, siehst du, hier, wolltest du das, und in dem Moment holt meine Liebe zum Gegenschlag aus.

Noch bevor das Krachen des umgefallenen oder zerbrochenen oder pulverisierten Hockers verhallt ist, liegt M. Kashani auf dem Rücken. Er ringt nach Luft. Er kriegt keine. Meine Liebe drückt sie ihm ab mit ihrem ganzen Gewicht, mit einem Knie auf seinem Brustkorb. Sie könnte ihn umbringen. Sie wartet, bis er aufgibt und seine Arme gegen die Getränkekisten fallen.

Dann küsse ich M. Kashani so, wie es sein muss.

Ich lasse meinen Atem tief in seine Lungen strömen und meine Hände sein Gesicht aufheben. Sein Gesicht riecht nach Gras und ein bisschen nach Joghurt.

Er sagt *okay* an meinen Lippen, immer wieder, in einem beruhigenden Ton, *okay, okay,* auch noch, als seine Hände längst einen anderen Tonfall haben und eine andere Temperatur, *okay.* Ich weiß nicht, ob er es zu mir sagt, ich bin völlig ruhig, zu sich oder zu sonst jemandem, im Grunde weiß ich nicht mal, was es bedeutet, welche Sprache das sein soll, *okay,* aber anscheinend ist es etwas Wichtiges, also höre ich nach einer Weile auf, M. Kashani zu küssen, versuche, den Blick auf seine Augen zu fokussieren, und sage meinerseits klar und ernsthaft: »Okay.« Mit einem ausdrücklichen Punkt.

Es überrascht mich, dass er Durex im Sortiment hat, aber anscheinend verkaufen sie sich gut. Es überrascht mich, dass ich so schwitze. Dass er dagegen kaum schwitzt. Es überrascht mich, dass ich auf ihm zu einer Art Gewitterfront werde, die von der Nordsee bis an den persischen Golf reicht und deren Schauer sich wellenförmig ausbreiten. Es überrascht mich kein bisschen, dass M. Kashani sich in mir langsam und gewissenhaft bewegt.

Er hat die Augen geschlossen und ich glaube, er denkt an die Frau auf dem Bild. Als ich das merke, frage ich meinen Körper, ob es irgendwo wehtut. Mein Körper sagt Nein. Oder kaum. Von dem unsichtbaren Schnitt, den ich wochenlang hatte, will er noch nie gehört haben. Dann verflüssigen sich die meisten Schokoriegel in den Regalen und es fängt an zu donnern. Als ich komme, kommt zum Glück auch gerade eine U-Bahn.

M. Kashani liegt neben mir und atmet. Die schwarzen und die weißen Härchen auf seinem Unterarm berühren meine Flanke, es fühlt sich an, als ob er eine Gänsehaut hat. Hat er aber nicht. Ich betrachte noch einmal das Foto der Dame und denke so konzentriert nach, wie ich kann. Loriot. Loriot, Weihnachten, Weihnachtsgeschenke. Baukasten. Atomkraftwerk. Schließlich stütze ich mich auf den Ellbogen, präge mir M. Kashanis Profil für die Ewigkeit ein und sage: »Wenn wir was falsch gemacht haben, dann soll es jetzt puff machen.«

Hinter mir summt der Kühlschrank, und durch die Dunkelheit, noch weit entfernt, am anderen Ende der Stadt, rollt eine U-Bahn, in die ich einsteigen werde.

Das Gartenjahr

Die frischen Walnüsse hebe man täglich vom Erdboden auf, damit es nicht zur Fäulnis kommt. Almut und Linne tappen um den knotigen Baum und sammeln die Nüsse aus seinem Schatten. Dicht neben dem Stamm, wo kein Gras mehr wächst, liegen die meisten, schwarz und faltig. Almuts gekrümmter Rücken schmerzt vor Kälte. Trotzdem sehnt sie sich nicht nach dem Tag, an dem es ein Ende haben wird mit dem Sammeln. Mit dem Hiersein. Er wird kommen, sie kennt die Satzung. *Das Pachtverhältnis ist zu kündigen, wenn … c) der Pächter die Laube zum dauernden Wohnen benutzt.* Jeden Tag horcht Almut auf fremde, energische Stimmen. Auch jetzt. Vorsichtig, mit angehaltenem Atem, richtet sie sich auf und stellt fest, dass in allen vier Hecken nur der Herbst steckt und zischelt. Linne ist neben ihr und fürchtet gar nichts. Die lange Linne, die mit den Armen schlenkert und die Nüsse flink vom Boden zupft; bei jeder macht sie ein kleines Geräusch, das sich anhört wie *Dschipp.* In ihrem Stoffbeutel klackt es, hohl und voll zugleich. Wie der Würfelbecher drüben in der Laube, an den langen Abenden, wenn sie versuchen, Glück heraus zu schütteln.

Almut hustet immer noch. Sie wälzt sich nachts und tränkt die Wolldecke mit Thymianschweiß. Die Kräuterbonbons kocht Linne für sie. Zucker schmelzen, die gehackten Blätter hinein, eins zu zehn. Linne lässt den Sirup auf den Tisch tropfen. Es ist kalt genug und die gelben Tropfen werden schnell fest. Sie zieht sie ab und rollt sie in den Händen. Damit sie aussehen wie richtige Bonbons. Ihre Hände werden davon zuckrig. Später legt sie sich neben Almut, die ihre Hände nimmt und den Zucker ableckt wie etwas Tröstendes. Die Wolldecke ist zu kurz für Linne, aber das macht nichts. Meistens liegen sie auf der Seite. Linne rankt sich um Almuts Rücken und wärmt ihn mit ihrem Bauch. Dabei, hat Almut einmal gesagt, als sie noch kein Fieber hatte, dabei wärmt mein Bauch bestimmt besser als deiner. Fühl mal, wie Hefeteig. Vom Kinderkriegen. Ach was, hat Linne gesagt. Aber sie hat den Bauch wie Teig geknetet und Almut hat sich umgedreht. Sie haben gelacht und sich geküsst, lange. Das tun sie manchmal und mir ist das wurscht. Ordentlich Leben braucht ein Garten, rundum, egal was, habe ich immer gesagt.

Ein halbes Jahr davor ist die Welt noch voller Rolltreppen und Bushaltestellen. Eine Ladenglocke läutet elektronisch und zweimal. Einmal, als Almut hineingeht in die Drogerie, und einmal, als sie wieder herauskommt. Ohne etwas. Ihr fehlt die Verkäuferin, die große dünne, die einzige, die über alle Artikel Bescheid wusste. Nicht nur über die neuen. Ab und zu konnte man sie etwas fragen zur Anwendung oder zum Wetter. Jetzt also nicht mehr. Somit ist Almuts gelbe Einkaufstasche auf dem Rückweg leicht, aber die Straße klebt an ihren Füßen, dass sie stehen bleibt und nachsieht, ob sie in Kaugummi getreten ist. Als sie zum dritten Mal das Gefühl hat, sie würde ihre kleine Wohnung nie erreichen, hält sie nach einer Parkbank Ausschau. Es kommt eine Bushaltestelle mit Sitzen aus Metallgeflecht. Auf dem hintersten sitzt die Verkäuferin. Ach, sagt Almut. Und eine Viertelstunde später, ein paar Viertelsätze später sagt sie tja. Tja, sagt auch Linne. Schade ist das. Aber mit mir persönlich hatte es gar nichts zu tun. Das Unternehmen musste schlanker werden. Natürlich, sagt Almut und guckt auf Linnes dünne Arme. Sie grinsen und stellen sich einander vor. Und wie heißt du richtig? Gerlinde. Almut lacht und hört gleich wieder auf damit. Entschuldigung. Ach was, sagt Linne.

Beide erzählen: Eine hat niemanden, Eine hat nichts. Das Treppenhaus wartet, der Fahrstuhl. Der Flur, zwei

Zimmer. Nur eins. Der Tisch jedenfalls, einmal ohne Decke, einmal mit. Die darauf gedruckten, abwischbaren Sonnenblumen. Ein Teller und eine Tasse vom Frühstück. Kassenbons mit unmöglichen Zahlen, widerwillig glattgestrichen, in einer Schachtel, nein, auf einen Nagel gespießt. Darüber reden sie, und darüber falle ich Almut endlich wieder ein. Genauso plötzlich und durcheinander, wie ich ihr einfalle, fallen ihr die Worte aus dem Mund. Man müsste, sagt sie. Das ist zwar nicht erlaubt, aber ich habe, gar nicht weit draußen, und Linne hört zu.

Der Garten ist wieder in Schuss, noch bevor die Nachbarshunde aufhören, sie zu verbellen bei jeder Rückkehr. Es fällt kaum auf, dass auch manche Pflanzen wieder hervorkommen, die eigentlich einjährig sind. Im Mai erntet Linne Rapunzeln. Heute steht überall Feldsalat, aber es heißt Rapunzel. Die ersten Fruchtansätze von Gurken gehören abgeschnitten. Man biete der Ackerwinde einen Holzstab an, dann lässt sie das Gemüse in Ruhe, rankt sich um den Stab und man kann sie ganz leicht aus der Erde ziehen. Jeden Morgen liest Linne die welligen Bücher in der Laube, auch meine Notizen. *Das Gartenjahr.* Dann geht sie entschlossenen Schritts an die Arbeit.

Wieso, sagt Linne, ihre Arme stecken im Kompost, ihre Stirn berührt fast die von Almut, wieso warst du früher nicht hier, wenn der Garten euch doch gehört. Uns, sagt Almut, ohne Betonung, als ob ein Satz damit anfangen soll. Aber es kommt keiner. Etwas knirscht. Hinter Linne, draußen, schaukelt über dem Rand der Hecke ein Kopf heran. Der Wegwart. Almut beugt sich tief über das Kompostsieb. Jetzt, denkt sie, jetzt ist ein Mal zu viel und er merkt es. Dass sie immer hier sind. Sie rüttelt am Sieb. Als sie wieder hochguckt, ist der Kopf stehen geblieben und hat sich zu ihnen gedreht. Von einem Drahtbügel im Apfelbaum winkt Linnes tropfendes Unterhemd wie eine weiße Flagge. Am liebsten würde Almut es aus der Frühlingsluft reißen. Der Wegwart sieht sie an. Ich verstehe das wirklich nicht, plappert Linne und wischt sich die Hände ab. Ein eigener Garten. Das ist doch ein Schatz für eine Familie. Schüttel mal. Almut schwenkt das Sieb, dann schaut sie wieder über Linnes Schulter. Der Mann ist verschwunden. Meine Familie, sagt Almut, das … ging so. Wir sind miteinander ausgekommen. Den Garten hat eigentlich nur mein Großvater gemacht. Alleine. Und dein Sohn, fragt Linne. Almut stellt das Sieb weg. Erwachsen, sagt sie.

Linne kriecht auch im Sommer noch ungestört durch den Garten. Vielleicht ist es also doch erlaubt, gelegentlich zu übernachten in der Laube, denkt Almut. Immer sehniger wird Linne, pflückt, lichtet aus und schreit hinter Wühlmäusen her. Kokolores, wenn man mich fragt. Almut kauft Zucker von dem klappernden Dosengeld, das sich manchmal vermehrt, wenn sie mit der Dose in die Stadt geht. Das tut sie ungern. Aber sie mag Süßes. Und Linne ist besser mit dem Garten, zerkratzt sich die Arme in der Brombeerhecke, weil sie Marmelade kochen will. Es wird nicht viel. Die Marmeladenfrühstücke sind schön. Nur an einem Morgen gibt es Streit, ausgerechnet über Saunas. Sie waren beide jahrelang in keiner. Trotzdem sagt Almut ganz plötzlich, ich werde mich nie wieder eiskalt abduschen nach der Sauna. Was, sagt Linne, ach so. Das musst du ja auch nicht, und Almut sagt, ich bin immer fast krepiert dabei. Eben, sagt Linne, ist ja nicht nötig. Nie mehr, hörst du, nie mehr, höchstens lauwarm. Und Linne sagt, jaja, das soll jeder nach seinem Gefühl machen. Auf gar keinen Fall, sagt Almut aufgebracht, und dabei bleibt es, das ist mein letztes Wort. Jetzt langt es aber, sagt Linne.

Sie liegen auf der Wolldecke, gefangen im Lichtnetz des Apfelbaums. Wenn sie Linne nicht hätte, denkt Almut, dann würde sie kein Pumpenwasser trinken. Sie denkt an die klebrigen Likörflaschen, allein in der Wohnung. Nur den Staub ziehen sie jetzt noch an. Linne atmet neben ihr aus und ein. Sie drehen die Gesichter zu einander, die Wangen heiß von der Sonne.

Mit ihrem gewärmten Gesicht geht Almut in die Stadt und auch die Leute, die sie anspricht, haben warme Gesichter. Eine ganz alte Dame mit Einkaufsnetz gibt ihr viel zu viel. Sie drückt Almuts Hand fest und will nichts zurücknehmen. Also klappert das Dosengeld heute nicht nur, es raschelt wie die Haselmaus bei Nacht. Der Heimweg ist windstill und kupferfarben. Almut greift nach dem geschmiedeten Tor zur Gartenkolonie und achtet nicht wie sonst auf fremde Schritte. Es hätte auch nichts gebracht, weil der Wegwart schon dasteht. Und grinst.

Linne! Almut schubst, stößt, wirft sie gegen das Regenfass. Dann wirft sie noch das Dosengeld hinterher. Der Schein der freundlichen alten Dame landet im Matsch. Spinnst du, sagt Linne. Almut zittert. Ich soll schön grüßen. Hat er gesagt. Und dich an die Miete erinnern. Die Miete. So hat er gemacht. Aber Linne sieht die Geste gar nicht, sie sitzt in einer Pfütze und starrt vor sich hin. So hat er gemacht und gegrinst! Da steht Linne auf, schnaubt. Was hast du denn gedacht, sagt sie. Wir wären schon längst nicht mehr hier.

Bevor auch Linne jemanden schubsen will, träufele ich ihr Tränen in die Augen. Ich puste in den Walnussbaum und hole seinen Blütenduft herüber. Besonders süß ist er nicht, aber es langt. Wenn du in der Stadt warst, sagt Linne. Meistens dann. Sie setzen sich auf die Türschwelle. Almut sagt, bitte hör damit auf. Wir finden was. Der wagt es nicht, dann könntest du ja sagen, was war. Linne betrachtet die Blüten. Weißt du, dass Walnussbäume 600 Jahre alt werden können, sagt sie. Ehrlich. Das sind nur vier Bäume von Maria und Josef bis zu uns. Sie schauen auf den Baum. Er sieht aber jünger aus, sagt Almut und niest. Linne sagt: Hat sich wohl gut gehalten.

Ein paar verspätete Äpfel werden reif, die Stiele ins harte Fruchtfleisch eingewachsen. Niemand kommt. Sei nicht so nervös, sagt Linne und schält, du machst mich irre. Almut legt ihr Messer auf den Tisch. Sie putzt sich die Nase. Seit sie nicht mehr in die Stadt geht, hat sie andere Gedanken. Wir können auch nicht mehr zum Arzt, sagt sie. Musst du zum Arzt, fragt Linne und versucht, gleichmäßig weiter zu schälen, schälen wie atmen. Nur falls, sagt Almut. Draußen fällt etwas Kleines ins Gras. Die Walnüsse, sagt Linne.

Das musst du sehen, ruft sie drei Wochen später und scheucht Almut aus dem Bett, zieht sie den Streuweg hinauf. Komm! Es ist ein diesiger, dunkler Tag, aber Linnes Atem pufft weiß und schnell wie Dampf aus einer Spielzeuglokomotive. Almut kommt kaum hinterher. Schau mal. Hinter dem Glas im Holzkasten am Tor ist ein frischer Aushang. Ein neuer Wegwart mit Namen und Foto. Er werde nur einmal monatlich kommen, aus Kostengründen, steht da. Das feiern wir, sagt Linne, und noch einmal: Das feiern wir. Almut schaut auf das angefaulte Holz unten im Kasten. Ihr Hals schmerzt. Ja, sagt sie.

Der Schnee kommt früh. Linnes Gesicht leuchtet vogelbeerrot aus ihren Schals. Sie lehnt die Schippe an die Wand neben der Tür und poltert herein. Es ist herrlich! Almut schiebt Papier auf dem Tisch zusammen. Es wird kalt, sagt sie und nimmt den Stapel weg, mach zu. Schnell steckt sie die Blätter zwischen zwei Gartenbücher, ganz unten im Regal. Was ist das, fragt Linne. Almut sagt: Es gibt Tee. Ihr Blick stößt an die Kanne, die Tassen, das Fenster, den Tisch. Nur hinauf zu Linnes Augen traut er sich nicht.

Du hast sie fertig ausgefüllt, sagt Linne. Unterschrieben schon. Ja, sagt Almut. Auf die Dauer, es steht einem ja sowieso zu. Es sind auch gute Wohnungen dabei, und die Absicherung, auf die Dauer. Vielleicht bekommen wir eine zusammen. Aber natürlich kannst du hier bleiben, wenn du willst.

Linne sagt etwas, das ich nicht verhindern kann. Über Almut und unsere Familie, darüber, dass Almut recht gehabt hat. Wie wir sind, so und so. Der eine Stuhl scharrt über den Boden. Die Tür fällt zu, dann wird es still und dunkel. Nebel hängt sich zwischen den Bäumen auf und bleibt.

Ab da wird Linne nachlässig, das muss ich wirklich sagen. Der Obstbaumschnitt erfolgt am besten erst im Spätwinter, bis Anfang März. Das müsste sie wissen. Bei stärkerem Frost bricht das Holz. Und dann alleine, Herrgott nochmal. Gerade bei großen und älteren Bäumen darf man auf keinen Fall alleine arbeiten. Das kann gefährlich werden. Linne macht lauter Fehler. Sie schert sich um gar nichts mehr. Dabei hatte ich alles genau aufgeschrieben.

Vaters Fahrt

Vater liegt knapp unter den Wolken am Wegrand, das Gesicht im trockenen Gras. Seine Hand hält die zerknickte Wanderkarte. Der Rucksack ist zur Seite gerutscht, ein schiefer Buckel, mit der leeren Wasserflasche darin. Vaters Herz klopft noch einmal gegen den Boden. Auf Spanisch kündigt ein Wegweiser den Gipfel an.

Oder:

Die Wellen brechen immerfort. Vater strahlt gestaute Hitze ab, wo doch der Sand unter ihm, wo doch er selbst langsam kühl werden müsste. Auf sein Kinn legt sich ein Bartschatten, den er wegrasieren müsste, wie immer zwischen fünfzehn und sechzehn Uhr, er müsste eine Melodie dabei summen und mehr Grimassen schneiden als nötig. Der Sand ist heiß, ringsum toben fröhliche Stimmen. Am Abend wundert sich jemand über den stillen Körper am Strand.

Oder:

Auf dem Asphalt kniend versucht der Sanitäter, Vaters kleine Füße ordentlich auf die Trage zu legen. Fahrbahnen summen links und rechts, oben und unten. Das Straßenkreuz am Flughafen ist eine graue Schleife, mehrfach geschichtet und für einen Fußgänger kaum zu bewältigen, wenn er sich nicht auskennt und langsam ist.

So wache ich auf, jeden Morgen. Zwei Stunden vor dem Weckerklingeln sehe ich Vater: tot, tot und tot. Ich sehe nicht seine Unfälle oder den Hitzschlag, ich sehe ihn immer nur liegen und es ist zu spät. Wie Koffein schießt der Gedanke in meinen Blutkreislauf, beschleunigt meinen Herzschlag und sperrt meine Augen auf. Ich weiß nicht, wo diese Bilder herkommen. Vater sagt jeden Tag am Telefon, es gehe ihm so gut wie lange nicht. Seine Stimme raschelt im Hörer. Morgens liege ich im Bett und horche auf die ersten Vögel.

Vor einem Jahr hätte ich mich gefreut, wenn Vater allein in den Urlaub gefahren wäre. Er fuhr aber nicht. Er fing an, sämtliche Büsche aus dem Garten zu reißen. Er strich das Wohnzimmer und den Flur weiß. Sogar eine neue Küche ließ er einbauen, granitfarben statt rot, obwohl er für sich allein kaum noch kochte. Jedes Mal, wenn ich zu Besuch kam, musste ich mich neu im Haus zurechtfinden. Ich wollte etwas aus der Speisekammer holen und stand in einem begehbaren Kleiderschrank. Ich suchte ein Buch, aber immer mehr Bücher verschwanden, bis eins der Regale fast leer war, und dann verschwand das Regal. Wenn Vater sagte, es erdrücke ihn alles, er wisse gar nicht, wo das ganze Zeug einmal hinsolle, sah ich auf den Teppich. Einmal ging ich extra in den hinteren Keller und stakste zwischen unseren alten Sachen herum. Ich suchte die Rennbahn für die aufziehbaren Autos. Im hinteren Keller hatte Vater noch nicht klar Schiff gemacht, wie er es nannte. Viele Dinge von Mutter standen dort, ihr Nachttisch, ihre Leselampe, ein Korb mit Handarbeiten und angebrochenen Pillenschachteln darin, ihr roter Koffer, Vaters Zeichenblöcke und mein Spielzeug. Irgendwo hier musste die Rennbahn sein, ich erinnerte mich genau an den blausilbernen Karton. Vater hatte mir die Bahn gekauft. Weil ich sie haben wollte. Das gemurmelte Wort *Jungsspielzeug* hatte vor seinen Ohren warten können, bis es schwarz wurde. Ich suchte eine Viertelstunde, aber der Keller war groß und ich fand weder die Bahn noch ein einziges Auto.

»… herrlich, schon seit gestern. Für die alten Knochen eine Wohltat. Man möchte gar nicht wieder. Was? Ach

Liebe, mach dir um deinen alten Vater keine Sorgen. Ja. Aber noch einmal kurz zu dem Porzellan. Natürlich nicht. Du musst es nicht nehmen. Nur ein paar Teller. Das soll, wieso, das soll gar nichts heißen. Man kann ja wohl auch im Urlaub mal an so was denken. Zufällig! Ich habe zufällig daran. In Ordnung. Was? Na ja. Doch, es schmeckt. Wie Buffets eben sind. Darauf kommt es mir nicht mehr so an. Aber eine Sache noch, die Hefter mit den ganz alten Unterlagen. Hattest du die schon, ach so. Die hattest du kopiert. Dann ist gut. Nein, wirklich nicht. Schatz! Ich möchte nur, dass alles übersichtlich bleibt. Sonst musst du irgendwann den ganzen Krempel. Na, ich sage ja bloß. Heute? Eine Wanderung. Alleine, du kennst mich. Die Steilküste soll beeindruckend sein. Vulkanischen Ursprungs. Ja, hab ich. Meine Große. Hab ich doch alles dabei. Und sonst gibt es hier im Hotel einen fantastischen Arzt und in der Stadt dann direkt. Ja, mach ich. Ja …«

Wie einen Wurm reißen die Vögel mit ihrem Gezwitscher den Tag aus der Nacht. Ich könnte jetzt aufstehen und vor der Arbeit endlich einmal Zeit haben fürs Frühstück. Statt mich im letzten Moment anzuziehen und die Sicherheitsschuhe zu vergessen. Ich starre an die Decke. Weiß. Nicht so frisch gestrichen wie Vaters Haus. Er ordnet seine Dinge, denke ich. Neuerdings ordnet er die Dinge. Oder war er schon immer so? In seinem Büro lagen die korrigierten Klassenarbeiten Kante auf Kante. Als Mutter noch lebte, nein, noch früher, als ich noch zuhause war, mussten wir Vater zu jedem Urlaub überreden. Wenn schon, dann sollte dort etwas zu lernen sein, für mich, ihn oder Mutter, das Skilaufen zum Beispiel. Als er in Pension ging, fing er wieder an zu zeichnen, aber immer zuhause. Und jetzt fährt er einfach weg. In die Sonne. In ein richtiges Urlaubsparadies. Was für ein blödes Wort. Ich schüttle den Kopf, das heißt, mein Hinterkopf reibt auf dem Kissen hin und her. Draußen wird es endgültig hell. Auf der Zimmerdecke erscheinen langsam wieder die kleinen Risse und Flecken. Urlaubsparadies, Paradies, Himmel. Plötzlich will ich Vater mit aller Kraft zurückholen. Ich lasse mir etwas einfallen.

»... na, das ist ja eine Überraschung! Natürlich freut mich das, Große. Ich wusste nur gar nicht, dass ihr beiden schon so. Ja. Das wäre schön. Richtig in weiß? Oha. Meine Hilfe, da will ich euch nicht reinreden. Ich war da nie so. Deine Mutter, das stimmt. Sie hatte da viel eher eine Art, genau, Mütter sind eben. Wart's mal ab, wenn du selber eine bist. Sie wird das ja nun nicht mehr, ja gut, aber lasst euch doch noch Zeit. Wenn das mit deiner Arbeit sich erst mal entwickelt. Na. Das wäre schon toll. Bestimmt ein richtiger Proppen, so wie du. Wohin? Warte, ja. Das weiß ich noch. Das kann man noch buchen. Ich glaube. Da hast du Skilaufen gelernt. Wie bitte? Ach so. Schneeschafe, glaube ich. Schneeschafe habe ich die genannt. Konnte man kalte Pullover draus stricken, mit, ja, genau. Die Mama fand das auch witzig. Sie strickt sie dann für dich, hat sie gesagt, mit Handschuhen. Weil die Wolle so kalt ist. Hallo? Bist du noch da? Ach, Schatz. Ich weiß nicht, gelacht schon. Aber du hast mir das schon nicht mehr so ganz. Nein. Da warst du vielleicht schon zu groß dafür. Man weiß das nie, ob man die Enkelkinder noch. Man darf nicht davon ausgehen, so ist das im Leben nun mal. Also, mein Schatz. Küsschen, ja? Große. Ich hab dich lieb.«

Mir ist kalt und übel, als ich auflege. Am Abend fahre ich mit dem Rad zu Vaters Haus. Auf dem Esstisch liegen Papierstapel, kompakt und scharfkantig wie Blöcke aus Stein. Der Korb mit der Schmutzwäsche ist leer, auch auf der Leine hängt nichts. Ich sehe in den Kleiderschrank. Vater hat alles zusammengelegt. Meine Hände zittern zwischen seinen Hemden. Im Abtropfkorb liegt eine gespülte Kaffeetasse, längst trocken. Ich fasse sie nicht an.

Totsein, denke ich auf dem Heimweg, ist vermutlich einfacher als Leben. Im Prinzip ist Leben ein horrender Aufwand. Und mit der Zeit wird es immer anstrengender. Ich trete in die Pedale. *Geradezu unvernünftig.* Es ist Vaters Stimme, in der ich denke. Ganz deutlich höre ich sie, über den Verkehrslärm hinweg. Ich kann sogar hören, wie Vater ein Bein überschlägt und die Hände vor dem Knie faltet, um seinen Gedanken in Ruhe zu erläutern. *Am Ende passiert noch was, und dann stehen die anderen da.* Ich sollte absteigen. Er behielt oft Recht, wenn er die Hände so gefaltet hatte. *Möchtest du etwa über mich entscheiden? Siehst du.* Mein Vorderrad rutscht zur Seite. Ich reiße am Lenker. Auf dem Rand der Straßenbahnschiene kann ich gerade noch das Gleichgewicht zurückgewinnen und anhalten. *Unvernünftig.*

»Alles okay?« Neben mir steht ein Fußgänger und hält meinen Arm.

»Okay«, sage ich, »ja, nichts passiert.«

»... mich gehorsamst zurück, jawoll, fit wie ein Turnschuh. Aber der Garten sieht aus, das glaubst du nicht. Liebe? Du bist so, ist irgendwas? Schatz? Na, aber bestens! Richtige Lederhaut, braun wie ein Vagabund. Natürlich. Ja, sicher. Das würde mich freuen. Diesen Sonntag? Hast du keinen Dienst? Doch, warm genug ist es. Kaffee, natürlich, habe ich immer da. Aber du weißt ja,

Kuchen müsstest du dann mitbringen. Große, das machen wir. Ist wirklich alles, du klingst so komisch. Also gut. Ich freu mich.«

Als ich am nächsten Morgen die Augen öffne, haben die Vögel längst ausgesungen, mein Körper fühlt sich erholt an. Ich habe verschlafen, stolpere auf dem Weg ins Bad und ziehe die Sachen von gestern an, aber es macht nichts. Vater ist zurück.

Am Sonntag trinken wir Kaffee auf seiner Terrasse. Danach pflanze ich den Buchsbaum ein, den ich mitgebracht habe.

»Ist wirklich pflegeleicht und wächst ganz langsam.«

»Du hast ja Recht«, sagt Vater. »Ganz ohne Sträucher sieht es auch nicht aus. Soll ich noch einen machen?« Er nimmt die Kanne.

Ich bleibe bis zum Abend. Das wiederholen wir jeden Sonntag. Wenn ich wegfahre, verabrede ich mich mit Vater für den nächsten. Bei der Arbeit mache ich Frühschichten statt Sonntagsdienste, das geht auch. Vater und ich essen Kirschplunder, Pflaumenstrudel, Apfeltaschen. Am fünften Sonntag möchte er keinen Kuchen. Einige Wochen danach verlegen wir uns von Kaffee auf Tee, erst Earl Grey, später Kräutertee. Ich trinke ihn immer mit, obwohl Vater sagt, er könne mir doch trotzdem einen Kaffee machen. Als es Sommer wird und ihm draußen zu heiß ist, ziehen wir ins Wohnzimmer um. Nach dem Tee legt sich Vater oft für ein halbes Stündchen hin. Oder für ein ganzes. Irgendwann ändern wir unsere Zeremonie, und ich setzte mich gleich mit dem Teetablett an Vaters Bettrand. Meist erzähle ich etwas und er hört mir zu. Er wird vom Reden müde. Ihm ist ständig kalt. »Als ob ich einen Schneeschafwollpullover anhabe«, sagt er und zwinkert mir zu.

Ich hole ihm eine zweite Decke.

Eines Tages raunt er in mein Ohr: »Das ist schön. Meine Tochter kommt auch immer zum Tee trinken.«

Ich widerspreche ihm nicht.

Jetzt muss im hinteren Keller klar Schiff gemacht werden. Ich wate durch das Gerümpel, drehe mich um mich selbst, nehme Werkzeug in die Hand, ein originalverpacktes Set Buntstifte, ein rotes Fahrradschloss mit zwei Schlüsseln, auf deren Plastikschildern *rot* steht in Vaters Handschrift, und lege alles wieder weg. Meine Arme sind schwer. Unter einem Stapel alter Reiseführer finde ich die Autorennbahn. Kurz nachdem ich sie damals endlich bekommen hatte, wollte ich nur noch mit Plastikponys spielen. Die Dinge passieren nie, wenn ich glaube, dass sie passieren werden. *Aber das macht doch nichts,* höre ich Vater sagen. Ich öffne den flachen Karton. Es gibt gerade Teile, Kurven und Serpentinen. Vater hat die Rennbahn aufgehoben. Er musste nicht wissen, für wann und für wen. Auf dem Deckel des Kartons baue ich ein Stück zusammen. Vom Looping finde ich nur die eine Hälfte. *Das macht doch nichts.* So geht es auch. Die Bahn ragt in die Luft wie eine Sprungschanze.

früh

eins

In den Ampullen aus der Apotheke sind je null Komma sechs Milliliter Ersatztränen. Ich wende die Tropfen direkt nach dem Aufstehen an. Vor dem Spiegel suche ich zwischen meinen Augenfalten nach meinen Augen, rasieren tu ich mich um diese Zeit nicht. Es ist zu gefährlich und dauert zu lange. Ich muss zur Arbeit.

Morgens gibt es in der Bahn eine Platzordnung wie auf goldenen Hochzeiten: Ich sitze immer schräg gegenüber von der Putzfrau mit den dünnen Haaren, aber nie neben dem Bart im Blaumann. Nur an Freitagen rücken wir manchmal zusammen. Wenn die Szeneschwuchteln einsteigen. Für die ist das hier alles ein toller großer Spielplatz, denen gehört alles, mit ihren dünnen Beinchen und ihren tollen Turnschuhen, jeden Freitag sehe ich drei neue Modelle. Dann müssen die Beinchen nach Hause ins Bettchen. Ich muss zur Arbeit.

Meine Augen erschrecken sich immer noch jede Nacht, dass sie plötzlich aufgehen und gucken sollen.

Wenn ich zwinkere, schmirgeln die Augenlider meine Pupillen ab. Dagegen habe ich die Tropfen.

Zum Glück ist heute nicht Freitag, sondern Dienstag. Und harter Winter. Gleich wird die Tür aufgehen und der Mann mit der platten Mütze wird einsteigen. Er wird erst nach links sehen und sich dann nach rechts setzten, meistens zu mir. Ich rutsche nach vorne und lasse die Knie auseinanderfallen, bis sie sagen, kein Platz mehr. Die Tür geht auf und der Mann mit der platten Mütze steigt nicht ein. Sondern eine Frau, ohne Mütze, mit glatten braunen Haaren. Sie ist neu. Tausche Mann mit platter Mütze gegen Frau mit glatten Haaren. So glatt wie die Dunkelheit hinter den Fenstern, aber nicht so dunkel, und braun ist ein zu langweiliges Wort für diese Haare. Die sind von innen beleuchtet, bestimmt irgendein Spray. Und die Frau hat eine Figur. Viele Frauen haben keine Figur mehr, sondern auch so dünne Beinchen.

Sie geht nach rechts. Sie kommt zu mir. Anscheinend sind ihr meine Keinplatzmehrknie egal. Sie setzt sich mir gegenüber und holt ein speckiges Buch aus der Tasche. *St. Lucia.* Sie ist fast durch damit.

Kiribati liest sie eine Woche später und in der dritten Woche *West-Samoa*. Jedes Buch sieht aus, als ob es mindestens zwanzig Jahre alt ist. Sie hat die gleichen Schuhe an wie ich, nur kleiner. Vorn sind Schutzkappen eingearbeitet. Die sitzen auf den Zehen wie eine Brotdose. Eine schmalere Form kriegt die Schuhfabrik nicht hin. Da braucht man sich nicht mehr gut anzuziehen sonst, die Schuhe setzen sich immer durch. Bei mir ist es egal. Die neongrüne Weste setzt sich auch immer durch. Sie hat mir auf dem Vorfeld schon tausend Mal das Leben gerettet oder noch nie, wer kann das sagen. Aber in diesen drei Wochen, den Wochen namens St. Lucia, Kiribati und West-Samoa tut die Weste auf jeden Fall was für mich. Sie schreit so lange *NEONGRÜN!*, bis die Frau hochguckt und lächelt und fragt: »Arbeiten Sie am Flughafen?«

Dann reden wir, obwohl ich mich dauernd räuspern muss. Mein Hals ist morgens genauso erschrocken wie meine Augen. Vielleicht gibt es dafür auch Ampullen. Draußen knirscht der Februar. Die Frau sagt, sie träumt vom Reisen, und ich sage, ich träume von Koffern. Das stimmt. Von den achttausend Koffern, die ich jeden Tag wegschaffe.

»Ich habe einen roten Koffer zuhause«, sagt sie, als

ob das schon die halbe Miete für Samoa ist. Als sie aussteigt, weiß ich über sie: Falls an dem roten Koffer auch ein Schild ist, dann steht darauf als erstes Wort *Marcella*.

drei

Swimmingpoolblau kräuselt sich das Muster auf den Sitzen. Der Streusand auf dem Boden würde bestimmt reichen, um zwei Handtücher darauf auszubreiten. Hinter den Fenstern liegt tropische Nacht.

Ich fahre morgens nicht mehr, ich reise. Ich gleite mit Marcella durch die Finsternis, manchmal fliegen wir sogar, und in der Kurve über der Laubenkolonie legt sich die Maschine leicht schräg. Manchmal sagen wir was oder zeigen auf was, manchmal nicht. Manchmal ist in einer Gartenlaube Licht, als ob da jemand wohnt. Marcella sitzt mir gegenüber und liest *Surinam*. Sie steigt immer eine Station vor mir aus. An einem Freitag, als der Horizont morgens schon grau ist, sitzen wir einmal nebeneinander. Die Bahn war anfangs fast voll. Ich mache meine Knie ganz schmal und wir fahren schräg auf den Horizont zu. Immer mehr Leute steigen aus. Dann ist der Waggon leer, bis auf uns. Wir ruckeln durch eine weite Kurve, da löst sich die graue Linie vor uns plötzlich auf und wird rot und orange wie Warnsignallampen, und das Rot und Orange sickert durch das Fenster auf unsere klobigen Schuhe. Lässt sich davon nicht abschrecken, fließt aufwärts und tränkt unsere Hosenbeine und Jacken. Steigt zwischen uns hoch, über den Sitz, bis in Marcellas Haare, die ich anfassen würde, wenn ich Ampullen mit Furchtlosigkeit hätte. Die Gleise werden wieder gerade, Marcella steigt aus.

vier

Ersatzverkehr. Irgendwas mit den Weichen, irgendwas mit dem Gleisbett. Kann ich lange drüber nachdenken im Bus, weil Marcella zwischen den ganzen Leuten verschwindet. Vielleicht sind die Weichen zu weich. Oder das Gleisbett muss mal frisch bezogen werden. Der Bus riecht nach Plastik. Wenn ich nicht aufpasse, wird mir schlecht von dem Geruch, dem Gedränge, dem Schaukeln und der Uhrzeit. Wenn ich nicht aufpasse, kommt mein Kinn auf dem mageren Scheitel der Putzfrau zu liegen. Marcellas Haare machen anderswo, was sie wollen, mal weiter vorn im Bus, mal weiter hinten. Vielleicht fließen sie gerade über die Schulter vom Blaumannbart. Penner.

Also passe ich auf. Nach einer Woche weiß ich, an welcher Tür Marcella besonders oft einsteigt, und nach zwei Wochen steigt sie an keiner anderen mehr ein. Ihre Haare werden noch glatter gedrückt im Gedränge zwischen ihr und mir. Am glattesten, wenn sie sich an mich lehnt. Ihr Hinterkopf ist vor meiner Nase und da habe ich wirklich schon Schlechteres gerochen. Im Bus ist kein Platz für Sprechen und Anlehnen gleichzeitig. Wir stehen still und fahren.

fünf

Es ist fast hell morgens, die Gleise sind repariert und Marcella liest *Polynesien.* Sie liest und liest, wochenlang, sonst nichts. Das Busfahren und das Anlehnen sind jeden Morgen ein Jahr länger her, und mir fällt nichts dagegen ein. Ich komme müde bei der Arbeit an und fahre müde nach Hause. Am liebsten würde ich die Schichten aneinanderhängen. Die stumpfen halben Nachmittage sind sowieso wertlos.

Aber einmal bin ich unterwegs in so einen halben Aprilnachmittag, und wir haben uns noch nie auf dem Heimweg getroffen, da treffen wir uns. Marcella kommt zu mir. Vielleicht, weil es so voll ist, dass wir stehen müssen. Wie im Bus. Sie stellt ihre Tasche neben mir ab.

»Schade, dass die Bahn wieder fährt«, sagt sie, und ich denke, schade, dass ich mittags immer Herzklopfen habe vor lauter Müdigkeit, sonst hätte ich jetzt Herzklopfen vor lauter Marcella.

Draußen taucht der größte Park der Stadt auf. Das Gras schwappt zu allen Seiten.

»Das ist wie so ein Meer«, sage ich. »Nur, dass man drauf spazieren gehen kann. Könnte man. Wenn man will.«

»Ich würde gerne mal zum Pazifik«, sagt Marcella.

»Pazifik kann ich mir nicht leisten«, sage ich. Dann sagen wir gar nichts mehr, denn so groß wie meine Beknacktheit ist kein Ozean der Welt.

sechs

Dafür sind Kreuzfahrten das Schwulste, was es gibt. Das muss ich ganz ehrlich sagen, als Marcella am nächsten Morgen mit dem Kreuzfahrt-Reiseführer einsteigt. MS Karibik Soundso auf dem Weg zur Frühschicht.

»Na und«, sagt sie und knabbert an ihrem Daumennagel.

Mit abgekauten Fingernägeln zum Captain's Dinner, denke ich. Am besten gleich wir beide mit unseren Klumpschuhen an der Reling. Im Sonnenuntergang.

Und die ganze Zeit kann man höchstens nach vorne und nach hinten laufen auf dem beknackten Schiff. Da kann ich auch in der Bahn bleiben. Wir fahren zwei Stationen und Marcella blättert. Weil sie bis zum Aussteigen so tut, als ob sie mich vergessen hätte, weiß ich bis zum Aussteigen wieder alles, was ich vergessen hatte: Mein Kopf ist voll mit Steinen, mein Bartwuchs kommt schubweise und meine Augen brennen ganz anders als sonst. Ich brauche keine Ersatztränen mehr.

sieben

Ein lautes Rumpeln und eine Erschütterung. Zwei Männer werfen sich von draußen gegen die Tür, weil sie nicht schnell genug aufgeht. Einer trägt eine dünne Krawatte, der andere hat die Hose hinter die Laschen seiner Turnschuhe gesteckt. Neuestes Modell. Sie haben offene Bierflaschen dabei. Es ist Freitag.

»Hör mal auf jetzt mit der Alten«, sagt der Krawattenträger und knallt seine Flasche auf die von seinem Kumpel, so dass das Bier schäumt und überläuft. »Die hat dich lange genug verarscht.«

Der Turnschuhtyp guckt wie ein Verrückter auf das Bier, das über seine Hand fließt. Als ob es etwas richtig Ekliges ist. Er gibt dem anderen einen Stoß und dreht sich um. Da sitzt Marcella mit ihrem Buch. Von hier aus kann ich das Schiff auf dem Einband erkennen, aber nicht, wie weit Marcella ist. Weit, glaube ich. Weit weg.

»Hä hä«, macht der Turnschuhtyp. »Was'n MS? Megaschlampe oder was?«

Marcella liest weiter.

»Hallo?«, sagt er. »Ach so, die Schlampe kann man nicht einfach ansprechen. Die ist zu geil dafür.«

Der Krawattenträger greift seinen Arm.

»Komm, lass. Wir müssen eh gleich raus.«

»Warte. Ich muss hier Schiffstaufe machen. Bei der Fregatte hier.«

Er hält seine Bierflasche mit dem Daumen zu und schüttelt, tut so, als ob er Marcella nass spritzen will. Idiotische Anmache. Die anderen in der Bahn gucken hoch. Der Blaumann dreht den Kopf zu mir. Dabei sitzt er viel näher dran als ich. Der Turnschuhtyp fuchtelt mit der Flasche vor Marcella herum. Sie beugt sich über ihr Buch. Könnte sich ja auch wegsetzen. Die Bahn wird langsamer.

»Ich taufe diese frigide Fregatte …«

Der Kumpel sagt: »Wir müssen raus.«

Ich mache die Schultern gerade. Sobald hier irgendjemand handgreiflich wird, gehe ich dazwischen. Aber es bewegt sich überhaupt nichts. Es zischt nur. Der Typ kriegt selbst das meiste ab, halb so schlimm, Marcellas Haare sind kaum nass, nur der Reiseführer. Sie sieht mich an. Die Bahn hält.

Als wir wieder losfahren, läuft die Bierpfütze ein Stück in meine Richtung. Marcella wischt das Buch an ihrer Hose ab. Sie steht auf und stellt sich mit dem Rücken zu mir an die Tür. An ihrer Haltestelle steigt sie aus. Dann kommt die Sonne hoch, dann glitzert die Pfütze, dann gehe ich zur Arbeit und dann ist Wochenende.

acht

In der nächsten Zeit habe ich viel Platz und viel Ruhe, und ich denke oft an den Bus 117. Mit dem Bus 117 kann man fast die gleiche Strecke fahren wie diese. Es dauert nur zehn Minuten länger als die Fahrt mit der Bahn und mit mir. Es ist immer die Frage, was man schlimmer findet: Noch zehn Minuten früher aufstehen oder eine Fahrt mit der Bahn und mit mir. Wenn ich könnte, würde ich auch lieber zehn Minuten früher aufstehen als mit mir zu fahren.

Ich arbeite und arbeite. Dass Sommer wird, merke ich in meinen Schuhen. Mittags riechen meine Füße wie etwas, das in einer Plastiktüte gestorben ist. Urlaubszeit. Wenn rote Koffer da sind, packe ich sie immer ganz nach unten auf den Wagen. Das muss ein Koffer schon aushalten.

neun

Auf dem Bahnsteig gegenüber fährt ein Zug ab und dann steht da eine junge Frau und ist Marcella. Mit den Sandalen ganz gerade nebeneinander, mit dem Kleid bis zu den Knien. Sie hat kein Buch dabei. Das Kleid bauscht sich und will der Bahn hinterherflattern. Die Haare flattern nicht mit. Sie hängen herunter wie mit kleinen Steinen beschwert. Marcella hat mich gesehen. Sie hat mich genauso angesehen, wie sie die Sitzbank neben mir ansieht und die Plakatwand dahinter. Die Sitzbank ist aus Drahtgeflecht, mehr Löcher als Draht, man kann durchgucken. Ich bin auch so ein Geflecht, mehr Nichts als Etwas. Also bin ich wohl doch eher die flache Wand. So atme ich auch. Über die Treppen würde es nur eine Minute zum anderen Bahnsteig dauern. Über die Gleise zwanzig Sekunden. Aber das ist zu dramatisch. Ich bin ein undramatisches Plakat mit Werbung, die sofort vergessen wird. Ich hänge da und eine Bahn kommt, hält an, fährt ab und der andere Bahnsteig ist leer.

zehn

Im Buchladen fragt die Verkäuferin, was ich möchte. Ich sage, einen Reiseführer. Wofür, fragt sie, und ich sage, dass sie das verdammt nochmal nichts angeht.

Porzellan

»Du würdest es also doch machen«, sagte Karli. Sie hielt das Foto ganz außen an den Kanten fest. Ihre Stimme war noch höher als sonst.

»Nein. Ich habe gesagt, ich würde darüber nachdenken.«

»Aber ich nicht. Niemals. Und wenn du es von mir verlangen würdest …« Sie senkte gleichzeitig die Lider und hob die Brauen, was aussah, als hätte sie von etwas Saurem gekostet. »Wenn du dir irgendwas beweisen musst, als Mann, oder …«

Wie sie redete. Diese Rinnsale von Sätzen brachten mich auf. Dieses zögerliche Tröpfeln der Worte. Ich versuchte, tief, aber geräuschlos zu atmen. Spätsommerluft. Wir standen unter dem leicht geöffneten Dachfenster. Bei Sonnenschein wurde die weiße Arbeitsfläche der Kücheninsel präzise ausgeleuchtet. Jetzt war es bewölkt, doch in den kommenden Tagen sollte es aufklaren. Ich nahm die Pasta und den Wildreis aus der Tüte, stellte beides ins Regal und verstaute unseren Lieblingswein. Die Kühlschranktür schloss ich bewusst leise. Auf dem Display hörte das Wort *Wein* auf zu blinken.

»Karli. Du hast gefragt, ob ich es bei mir machen lassen würde, wenn du mich darum bitten würdest. Wenn du – du! – das unbedingt wollen würdest.«

»Na und? Es ist ekelhaft. Krank und …« Das Fotopapier schlug klackend mit der Kante auf den Fliesenboden.

»Ach komm. Jetzt erzählst du, was in irgendeiner konservativen Zeitung steht.« Ich hob das Bild auf und strich es glatt. »Wir reden über Hände, nicht über Geschlechtsteile oder so. Ein glatter Bruch ist völlig ungefährlich. Fast nur ein Symbol.« Langsam verlor ich die Geduld.

Karli fixierte mich. Ich sah, dass ihre Augenfältchen diesen Sommer zum ersten Mal blass geblieben waren. Kurz dachte ich an weiße Fettadern in einem Stück Entrecôte.

»Wärst du gern dabei gewesen?«, zischte sie. »Ganz nah dran, Jona, hm? Als es gemacht wurde?«

Ich schüttelte den Kopf. Zur Zeremonie selbst hatten Gustav und Maren nur den engsten Familienkreis eingeladen. Groß gefeiert wurde etwas später.

»Nein. Und ich würde es nicht machen lassen, und ich würde es auch nie von dir verlangen. Komm her.«

Jetzt wäre der Moment gewesen, das Bild in den

Mülleimer zu werfen. Ich legte es auf den Tisch hinter Karli und umarmte sie fest und lange. Aber ihr Körper blieb ein eckiges, eigensinniges Gebilde, den ganzen Abend. Ein Körper, der zu keinen Zugeständnissen bereit war.

Ja, ich fand das Bild faszinierend. Was war schon dabei? Maren und Gustav hatten es allen geschickt in der Woche nach der Feier, als Dankeskarte. Ich hatte es aufgehoben und nach dem Einkaufen hatte Karli es unter dem Kassenzettel in meiner Tasche gefunden. Die zwei Hände. Wie sie einander hielten vor der vertrauensvollen Dunkelheit, die das Fleisch unsichtbar machte. Marens zarte und Gustavs kräftigere Knochen strahlten im Röntgenlicht so weiß, dass sie eine Art Heiligenschein in die Nacht warfen. Bestimmt hatte der Fotograf ihre Hände drapiert. Die beiden Ringfinger waren gut zu sehen. Und darauf, nein, darin: jeweils ein dunkler Streifen. Der gemeinsame Bruch, die gemeinsame Heilung. *Nur für uns. Für Immer.* Das stand unten auf dem Foto.

Wir luden Maren und Gustav zu uns ein. Es war Karlis Vorschlag, als Ausgleich für das teure Fest, wie sie sagte. Ich hatte zwar auch schon daran gedacht, aber nach unserem Streit nicht gewagt, es auszusprechen.

Die beiden waren pünktlich. Maren klinkte das Steakmesser so elegant in ihre Schiene ein, dass die Abweichung kaum auffiel. Sie hatte den Verband farblich auf ihr schulterfreies Kleid abgestimmt. Zartes Türkis.

»Wenn es Teil irgendeiner Religion wäre, gäbe es die ganze Debatte gar nicht«, sagte sie zu Karli und schnitt ein Stück Fleisch ab, ohne hinzusehen. Die Kerze flackerte. Unsere Dachterrasse lag fast windstill.

Als Karli Steaks gekauft hatte, war ich kurz misstrauisch gewesen. Konnte es sein, dass sie absichtlich etwas zubereitete, womit unsere Gäste Schwierigkeiten haben würden? Aber ich hatte mich umsonst gesorgt. Die beiden kamen gut zurecht. Offenbar hatten sie einen der Ratgeber gelesen, die es inzwischen zu kaufen gab.

»Für mich war das gesellschaftliche Zeichen ausschlaggebend«, sagte Gustav. Er schob sich Feldsalat in den Mund, kaute und schluckte sorgfältig. Die spärlichen Haare auf seinem Kopf zitterten im Luftzug. »Gegen diesen ganzen Effizienzwahn. Der Witz ist ja: Wenn du dir so eine Auszeit nimmst, wenn du es wirklich tust, dann merkst du plötzlich, dass dich alle dafür respektieren.«

Ich nickte. Ich dachte an die Agentur und den Freelancer, der für ein paar Wochen auf Gustavs Drehsessel hockte, eine Menge wegschaffte und bald wieder verschwunden sein würde. Kein Problem.

»Absolut«, sagte ich. Es stimmte, ich hatte Respekt. Die Fraktur war der klarste Ausdruck einer absolut freien menschlichen Entscheidung. Nichts ging tiefer nach innen, nichts kam näher ans …Wesentliche.

Maren trank einen Schluck Wein. »Manche lassen sich aber auch einfach krankschreiben«, sagte sie. »Ohne Fest. Einige behalten es ganz für sich. Nur das zählt ja schließlich.«

»Und verbringt ihr in dieser Phase wirklich mehr Zeit zusammen?«, fragte Karli. Sie hatte einen Frosch im Hals, räusperte sich aber nicht. Am liebsten hätte ich sie dazu aufgefordert.

Maren lachte und schob eine Haarsträhne von ihrer nackten Schulter. »Ach, na ja«, sagte sie, »ich bin auch immer noch gern allein. Aber wir unterstützen einander mehr. Es dauert ja alles länger. Das Duschen nervt. Man lernt Dinge schätzen.« Sie griff mit ihrer freien linken Hand nach Gustavs geschienter rechter auf dem Tisch. Ihr Blick tauchte in seinen und ich stellte mir ein paar Dinge vor, die sie zu schätzen lernten und die länger dauerten. Die Haut auf Marens Wangen war rosig und klar.

Wir schafften es noch, die Fleischreste von den Tellern zu kratzen, dann hob ich Karlis harten Hintern auf die Kücheninsel.

»Spießer bleibt Spießer«, raunte ich in ihr Ohr. Sie lachte, tief und volltönend, also machte ich weiter: »Früher hätten sich die beiden ein Arschgeweih tätowieren lassen und darüber den Namen des anderen.«

»O ja, er besonders.« Karli keuchte. Vor meinem inneren Auge tauchte der speckige Gustav auf, mit einem geschwungenen Tattoo über dem Bund seiner Stoffhose. Einen Moment lang fragte ich mich, ob Karli ihn attraktiv fand. Ich stieß sie zurück, so dass sie mittig auf der Arbeitsplatte lag. Der Mond beschien sie durchs Dachfenster.

Am nächsten Morgen blieben wir ewig im Bett und alberten herum. Karli drückte mich immer wieder in die Kissen und verschränkte ihre Hände mit meinen.

Wir mussten in der folgenden Woche beide viel arbeiten. Bei mir in der Agentur hatte sich eine Frist nach vorn verschoben, aber alle nahmen es leicht. Der Kickertisch war genauso gut besucht wie sonst. Wir blieben einfach etwas länger. Gustav war noch beurlaubt, drei Wochen insgesamt, die übliche Zeit. Am Pinboard beim Empfang hing das Foto, das auch Karli und ich erhalten hatten. Ab und zu betrachtete jemand die Hände und fachsimpelte über die Ausleuchtung. Dann hängte ein Kollege die Ultraschallaufnahme seines Babys daneben und es wurde häufiger darüber gesprochen. An den

Rand der Bilder pinnte die Assistentin ein paar Stoffblumen.

Karli hatte mehrere Abendtermine, so dass wir einander kaum sahen. Wir schrieben uns Nachrichten mit lachenden Gesichtern und blauen, stilisierten Schweißtropfen.

Als ich am Freitag Feierabend hatte, saß Karli mit dem Gesicht zur Tür in der Küche. Vor ihr stand weder ein Teller noch ein Glas, es lag kein Telefon und keine Zeitschrift auf der Kücheninsel. Ihr Oberkörper hinter der Arbeitsfläche erinnerte mich an eine Holzfigur auf dem Spielbrett. »Hey«, sagte ich.

»Hallo, Jona.«

»Kein Termin mehr? Du Glückliche. Ich meine: faules Stück.«

»Ja, ich bin auch froh darüber.«

Versteckte sie auf ihrem Schoß ein Blatt, von dem sie ablas? Ich ging zu ihr und küsste ihren Haaransatz. Mir fiel wieder auf, wie trocken ihre Haut war. Die Bräune stand ihr nicht. Wir waren beide eher helle Typen. Und wir wurden älter. Ich verwendete täglich nach dem Rasieren ein leichtes Sonnenschutzgel, das ich auch mit zur Arbeit nahm. Manchmal legte ich vor dem Heimweg nach.

Als ob sie meine Gedanken gelesen hatte, neigte

Karli den Kopf, so dass ich ihr nicht mehr ins Gesicht sehen konnte. Sie machte eine Bewegung und ich folgte ihrem Blick. Ihr rechter Arm lag auf der Arbeitsfläche. Der Verband war blau.

Meine Wut auf Karli bestand aus zwei Komponenten. Dem Gefühl, hintergangen worden zu sein, und dem Drehschwindel darüber, dass sich anscheinend alles ohne mein Zutun entwickelte. Es war wie mit den elektronischen Geräten bei uns zuhause: Sie stellten Verbindungen her, ohne dass sie einen fragten, ohne dass man es merkte, sie informierten sich, meldeten Mängel, bezogen sogar ihren Strom kabellos. Man konnte den Dingen nur noch zusehen.

Ich sah Karli zu, wie sie verheult um mich herumschlich an diesem Wochenende. Sie räumte auf, einhändig, sortierte ihre Sachen, als wollte sie verreisen.

»Wie schön.« Der Mann in dem cremeweißen Kittel lächelte und bat uns herein.

Karli drückte meine Hand. Sie trug Parfum. In ihrem Dekolletee schimmerte eine Perle.

»Es ist immer ein bisschen traurig, wenn erst nur der eine Partner herkommt«, sagte der Mann. Sein Blick bekam etwas Forschendes. Karli sah zu Boden. Ich legte den Arm um sie, fest und vertrauensvoll, wie ich hoffte.

»Aber bei Ihnen hatte ich gleich ein gutes Gefühl.« Er blinzelte, als habe er etwas im Auge. »Weitere Gäste erwarten Sie keine? Bitte sehr.«

Wir nahmen auf einem weichen Ledersofa Platz. Der Raum war angenehm, wie das Wohnzimmer eines Freundes mit Sinn für Ästhetik, aber ohne Ordnungswahn. Es hätten sich etwa zwanzig Menschen bequem darin aufhalten können. Die Gerätschaften, noch etwas heller, ärztlicher als die Kleidung des Mannes, standen offen auf einem Eichenholzschreibtisch. Rechts führte eine Tür ins Röntgenzimmer. Mein Mund war trocken.

»Du musst die Tablette gleich nehmen«, flüsterte Karli.

Die Formalitäten waren schnell erledigt. Einige Unterschriften, bargeldlose Zahlung, dann hörte ich etwas über Lymphe, die wie Baumharz zwischen die Knochenteile fließen und sie neu verbinden würde. Darüber, dass man die Bruchstelle meist ein Leben lang erkennen könne, falls man eine neue Röntgenaufnahme anfertigte.

Wir lächelten uns an, der cremeweiße Mann und ich, ich und Karli, Karli und der Mann. Er nahm meine Hand aus ihrer. Das glänzend weiße Material des Geräts fühlte sich gut an, es mochte Kunststoff oder vorgewärmtes Porzellan sein. Mein Ringfinger lag leicht abgespreizt in einer eigenen Mulde. Sehr klein kam er mir plötzlich vor. Gestern war ich zum ersten Mal bei einer Maniküre gewesen, die Haut war glatt, und trotzdem erinnerte mich meine Hand jetzt an eine Tierpfote. Ich sah zu Karli, aber sie hielt den Blick erwartungsvoll auf die Apparatur geheftet.

Ein gepolstertes Element drückte herab. Ich spürte ein Biegen und ein plötzliches, aber kontrolliertes Zurückschnappen. Der Schmerz war lächerlich. Sofort sehnte ich mich danach, ihn aufzubewahren, doch er war schon vergangen. Der Mann sagte: »Sie könnten einander jetzt küssen.«

Karli beugte sich zu mir. Auf unsere Gesichter fiel Sonnenlicht.

dann ist alles ganz leicht

»Weck mich auf, du musst mich wecken. Bitte.«

Das ist die Stimme von Jannis. Mein Rücken prallt auf die Matratze wie nach einem Traum, in dem man fällt und fällt. Jannis steht über mein Bett gebeugt, hält meine Oberarme fest und schüttelt mich.

»Bitte!«

Ich drehe den Kopf. Der Wecker zeigt 05:14. Jannis riecht aus dem Mund, seine Handflächen kleben an meinen Armen.

»Du musst mich aufwecken, bitte, sofort.«

Er hört sich an, als ob er weint. Ich mache mich los und schalte die Nachttischlampe ein. Das T-Shirt meines Bruders ist verdreht, es sieht nass aus. Sein Blick zuckt durch mein Zimmer.

»Du bist doch wach.«

»Nein!«

Ich rapple mich hoch und ziehe Jannis auf die Bettkante.

»Es ist alles gut, du bist wach. Du bist doch rübergekommen. Jannis. Du redest doch mit mir.«

»Nein.«

So geht es weiter.

»Du bist wach«, sage ich, und er schüttelt heftig den Kopf. Wir spielen Neindochnein, wie früher, aber wir sind erwachsen. Ich sage mir, dass wir erwachsen sind. Ich halte Jannis fest.

Mit dem Üben aufzuhören. Darum hatte ich ihn gebeten. Sobald ich wusste, dass es Üben war, was er machte. Es ist nichts mit Drogen und auch sonst nichts Schlimmes, dachte ich, es ist ja nur Schlaf. Wenn unsere Eltern gefragt hätten, hätte ich das gesagt: Es ist doch nur Schlaf. Sie haben nicht gefragt. Mama sagt immer noch, wie froh sie ist, dass ich Jannis unter meine Fittiche genommen habe. Als wir seine Sachen abholten, um sie in meine Wohnung zu bringen, machte Mama bei dem Wort *Fittiche* einen ganz spitzen Mund, und es klang, als ob sie lispelte und eigentlich *Sittiche* sagen wollte. Wir umarmten einander. Nur Papa schüttelte Jannis zum Abschied die Hand. Wie bei einer Gratulation. Das machte er immer so. Je weniger es zu gratulieren gab, desto länger schüttelte Papa ihm die Hand. Als Jannis seine Ausbildung abgebrochen hatte, war seine Hand von Papa eine volle Minute lang geschüttelt worden. Sonst berührten sie einander nicht.

Mein Bruder wohnte seit zwei Monaten bei mir, als ich das Gefühl bekam, dass etwas mit seinem Schlaf nicht stimmte. Oder dass er etwas damit tat. Er stand zu merkwürdigen Zeiten auf, lief im Flur herum und ging wieder ins Bett. Einmal hörte ich seinen Wecker um vier Uhr früh klingeln. Er wurde ausgeschaltet, dann rührte sich nichts mehr. Der Tag danach war ein Dienstag. Ich stand in der Küche und kochte mir ein Ei. Jannis war noch nicht auf. Er hatte bisher keine Arbeit gefunden. Neuerdings gab er mir seine Behördenbriefe zum Öffnen. Heute würde keiner kommen, dachte ich, es war gestern einer da gewesen. Als das Ei fertig war, setzte ich mich an den Tisch, aber ich musste gleich wieder aufstehen, weil ich das Salz vergessen hatte. Ich kramte im Gewürzregal. Der Salzstreuer war weg. Auch im Schrank konnte ich ihn nicht finden. Schließlich nahm ich von ganz hinten die angebrochene Großpackung und schüttete mir daraus etwas auf das Ei. Zu viel natürlich.

Hätte Jannis das Salz irgendwann am Tag wieder zurückgestellt, wäre mir nichts aufgefallen. Als ich nach Hause kam, stand seine Zimmertür offen. Das Bettzeug war zur Hälfte von der Matratze gerissen und lag daneben auf dem Boden. Darüber, auf der kahlen Fensterbank, stand der Salzstreuer. Ich machte ein paar Schritte ins Zimmer. Nirgends sah ich einen Teller, Einwickelpapier, irgendeinen Hinweis auf etwas, das Salz erfordert hätte.

Am nächsten Morgen stand der Streuer wieder im Regal. Als Jannis in die Küche kam, fragte ich ihn danach. Er reagierte nicht gleich, sondern spielte am Lichtschalter herum. Licht an, Licht aus, wieder an. Er kam mir dünner vor als früher. Aus. An. Seine Hand bewegte sich mechanisch.

»Ich hatte einfach Lust auf Salz.«

»Vorm Schlafengehen?«

Er drehte sich um und ging. Ich fühlte, wie ich einen spitzen Mund bekam. Fittiche, Sittiche, dachte ich. Jetzt hätte ich ihm noch gut hinterherrufen können, ob er schon einen Job gefunden habe. Von mir aus sollte er mit dem Salz machen, was er wollte. Auch nachts. Solange ich morgens in Ruhe mein Ei essen konnte.

Bei der Arbeit musste ich aber wieder daran denken. Ich machte zwei Pressemitteilungen fertig (ein Tankstellenraub, ein Unfall mit Todesfolge), ließ sie genehmigen, dann gab ich *Schlaf, Salz, Wecker* und *nachts aufstehen* zusammen in eine Suchmaschine ein. Ein paar Treffer zu Gesundheitsmagazinen, Schwangerschaftsberatung. Angebote für Schlafphasenwecker. Aufstehtipps. Und zweimal der Begriff *Luzides Träumen*. Auf der verlinkten Seite drehte sich ruckelnd die Animation eines Vollmondes samt Kratern. In der Adresszeile des Browsers stand *raumfuertraum.info.* Darunter waren die Worte *Von Bewusstsein zu Kontrolle* fett und kursiv gesetzt, weiß auf dunkelblauem Grund. Es folgte eine Tabelle mit Abkürzungen. LT, LILD, TILD. Tild? Ich dachte an die Fehlermeldung eines Flipperautomaten, wenn man dagegen trat. Ich scrollte nach unten. Mein Blick blieb am Wort *Lichtschalter* hängen. Es war Teil einer Liste, unter der Überschrift *Reality-Checks.*

»Kommst du jetzt mit?«

»Was?«

»Essen.«

Die Kollegin, die mir sonst gegenüber saß, hatte schon ihre Uniformjacke an und stand neben der Tür. Ich schüttelte den Kopf und sah Jannis neben der Küchentür stehen. Auf den Lichtschalter drücken. An, aus, an. Es war kein Tick.

»Mein Magen ist komisch. Ich setzte mal … aus.«

An.

Aus.

Es war eine Methode.

Um deine Träume steuern zu können und die endlosen Möglichkeiten darin zu entdecken (wie z.B. das Fliegen), musst du zunächst erkennen, dass du träumst. Dazu gewöhnst du dir am besten Reality-Checks an, die du im Wachzustand regelmäßig ausführst. Wenn du erst daran gewöhnt bist, wirst du sie auch im Traum ausführen.

Ich scrollte ein Stück nach unten.

Uhren zeigen im Traum selten eine normale Zeit an. Manchmal stehen auf dem Zifferblatt fremde Symbole, die Uhrzeit »springt« oder die Zeiger fehlen. Gewöhne dir also an, im Wachzustand immer wieder bewusst auf Uhren zu sehen. Hört sich die Zeit vernünftig an? Wenn du diesen Test dann aus Gewohnheit im Traum machst und feststellst, dass du träumst, hast du Luzidität erreicht. Dann ist alles ganz leicht.

Der Vollmond drehte sich. Ich starrte auf den Bildschirm.

»Thirst Induced Lucid Dreaming.«

Ich hatte mir die Worte mehrmals vorgesprochen, trotzdem klang das *Th* jetzt, in meinem Flur, wieder wie ein ungeschicktes Lispeln. Fittiche. Jannis zog sich gerade die Schuhe aus. Er reagierte nicht.

»Oder auch TILD. Klarträumen durch Durst.«

Er stellte die Schuhe ins Schuhregal und brachte sie in einen Neunziggradwinkel zur Wand. Er ließ sich Zeit. So akkurat hatten seine Schuhe noch nie in meinem Regal gestanden.

»Klingt nicht besonders gesund, finde ich.«

Er sagte immer noch kein Wort.

»Du hast nichts Besseres zu tun, als möglichst durstig ins Bett zu gehen, um was Schönes zu träumen, ja?«

Jannis' Gesicht war plötzlich dicht vor meinem.

»Nein«, zischte er. »Leider habe ich nichts Besseres zu tun.«

Wir hatten in den zwei Monaten davor oft gemeinsam ferngesehen. Einmal hatten wir sogar ein italienisches Menü gekocht. Ich hatte Jannis bei seinem Lebenslauf geholfen. Jetzt aß ich mein Abendbrot fast immer allein. Jannis blieb in seinem Zimmer. Wenn ich später noch Musik anmachte, schlug er gegen die Wand. Morgens streckte er einmal den Kopf aus seiner Tür und fragte mich, ob ich meine Schuhe vielleicht erst anziehen könnte, wenn ich wirklich losginge.

»Wieso, träumst du sonst schlecht?«

Er knallte die Tür zu.

Ich hätte unseren Eltern etwas sagen können. Genau. *Das sag ich, das sag ich,* quäkte eine Mädchenstimme in meinem Kopf. *Dann sag's doch, Petze,* hörte ich Jannis entgegnen. Ich war ja sogar Petze von Beruf geworden. Polizeisprecherin. Ich würde gar nichts sagen.

Bei der Arbeit wollte ich noch mehr über die Traumtechniken lesen, aber dann wurde die Kollegin krank und ich musste ihre Fälle zusätzlich betreuen. Ich kam völlig erschlagen nach Hause, zog auf der Fußmatte leise die Schuhe aus, aber drinnen war Licht. Jannis saß in der Küche. Vor ihm lag ein aufgeschlagenes Buch. Ich erkannte den rosafarbenen Umschlag. Sommer, Sonne, irgendwas. Die Kollegin hatte es mir zum letzten Urlaub überreicht und ich hatte es hinter das Küchenradio gesteckt.

»Hey«, sagte er. »Du siehst hübsch aus.«

Ich blickte an meiner Uniform herunter und wieder zu Jannis. Sein Gesicht war kleisterfarben. Ich zögerte.

»Und dir … steht das Hemd gut.«

Er stutzte, drückte das Kinn auf die Brust und fingerte an der Knopfleiste des Hemdes herum.

»Habe ich das angezogen?«

Dann lachte er. Ich wusste nicht, worüber, aber ich lachte mit, weil ich so erleichtert war, dass er hier saß und mit mir redete.

»Es hat sowieso nicht funktioniert«, sagte er später am Abend, wir tranken ein Glas Wein zusammen. Dann ging er ins Bett. Ich machte noch etwas Musik an.

Das ist nur ein paar Stunden her. Jetzt kauert Jannis neben mir und bettelt immer noch darum, dass ich ihn wecke. Draußen ist es so dunkel, wie es nur in der Stunde vor Sonnenaufgang sein kann. Ich ziehe ein

Stück Decke über Jannis, aber er wehrt sich, als ob ich ihn unter Wasser drücken wollte. Wieder und wieder sagt er: »Du musst mich wecken.«

Irgendwann weiß ich nicht mehr weiter.

»Ist gut.« Ich knalle ihm eine. Und noch eine. Meine Hand klatscht auf Janis' kaltes, verschwitztes Gesicht, links und rechts.

»Wach auf. Wach sofort auf.«

Seltsamerweise fühlt sich die Lüge sehr groß an. Jannis ist doch wach. Aber ich mache weiter. Was soll ich sonst tun?

»Na los, Jannis, wach auf. Gut so.«

Sein Blick ist kaum anders als zuvor, nur eine Spur ruhiger. Er sieht mich an, als ob er etwas sucht. Auch sein Atem beruhigt sich.

»In Ordnung? Hast du mich erschreckt. Kommst hier reingeschlafwandelt, Mensch.«

Er lauscht auf etwas, dann schüttelt er bekümmert den Kopf.

»Das Licht funktioniert immer«, sagt er. »Es funktioniert auch im Traum. Die Tests wirken nicht mehr.«

»Jannis? Du bist jetzt wach. Okay? Du kannst hier bleiben, wenn du magst, oder du kannst wieder rüber gehen.«

Ich rücke ein Stück zur Seite, aber er murmelt etwas und steht umständlich auf.

Ehrlich gesagt bin ich froh. Mein Bett ist nicht sehr breit und in eineinhalb Stunden klingelt der Wecker.

Etwas später wache ich wieder auf und wundere mich, dass es nicht hell wird. Ich gehe zu Jannis, weil das seine Schuld ist, und schimpfe mit ihm. Ich bewerfe ihn mit Gegenständen, er hält die Hände vors Gesicht. Mitten in meiner Tirade erwache ich noch einmal. Draußen dämmert es und mir ist eiskalt. Ich setze mich im Bett auf und werfe einen Blick auf den Wecker. 06:38. *Gefahren,* leuchtet in Digitalschrift vor mir auf. *Falsches Erwachen. Bei intensivem Klartraum-Training kann falsches Erwachen mehrmals direkt nacheinander auftreten. Forumsteilnehmer berichten von Ketten aus bis zu zehn Aufwachträumen. Das kann unangenehm sein.*

In Jannis' Zimmer ist es still. Ich schließe die Augen, aber die Schrift leuchtet weiter.

Man findet unbekannte Dinge in den eigenen Sachen. Man glaubt, Fähigkeiten aus dem Traum auch in der Realität zu besitzen. Zum Beispiel das Fliegen.

Von draußen höre ich Schritte. Meine Augenlider sind warm und zucken. Die Sonne ist um das Haus herumgewandert und scheint in mein Zimmer. Ich habe verschlafen. Als ich die Zimmertür aufreiße, steht Jannis vor dem Flurspiegel und bindet sich eine Krawatte.

»Ich bringe die Bewerbung weg. Das macht einen besseren Eindruck als per Post.«

Er sieht erholt aus, als hätte es die vergangene Nacht nicht gegeben. Ich ziehe meinen Schlafanzug zurecht.

»Ja«, sage ich, »tu das.«

Jannis sieht mich wohlwollend an, eher väterlich als brüderlich. Er lächelt und sagt: »Es ist ganz leicht.«

Ich nicke, denn ich will die zuversichtliche Stimmung nicht kaputt machen, in die er sich anscheinend versetzt hat, wodurch auch immer. Soweit ich weiß, ist es die erste Bewerbung seit Wochen, die er überhaupt fertig macht.

Ich muss länger arbeiten, um die Verspätung vom Morgen aufzuholen. Als ich nach Hause komme, sitzt Jannis inmitten gestapelter Unterlagen am Küchentisch.

»Hey«, ruft er, »wollen wir kochen?«

Seine Stimme klingt nach Sport und frischer Luft. Er hat eingekauft. Wir machen Nudeln mit einer Soße aus gehackten Kräutern und fein gestifteltem Gemüse. Jannis schneidet Karotten. Seine Karottenstifte sind alle exakt gleich schmal, zwei Millimeter. Als wir uns zusammen über die köchelnde Sauce beugen, lacht er. Die Sauce duftet. Ich gehe zum Kühlschrank, um das Stück Butter zu holen, das noch dazukommt. Hinter mir murmelt Jannis über dem Topf etwas, es klingt wie *realistisch.*

Er hat den Job bekommen. Es ist ein guter Job. Mama begrüßt uns an der Tür mit einer Flasche Sekt in der Hand, Papa umarmt Jannis und sagt:

»Das ist ja ein Ding. Auf einmal. Wie hast du das angestellt, Junge?«

Jannis guckt, als ob ihn die Frage wundert.

»Ich wollte die Stelle haben.«

In diesem Moment sehe ich, wie tief seine Augenringe geworden sind. Es fällt nicht auf, weil er viel lächelt. Mama drückt meinen Arm, ihre Lippen zittern. Alles ist gut. Beim Essen gibt es keinen Streit, das Gespräch plätschert angenehm dahin. Ich beobachte Jannis dabei, wie er sich eine Gabel voll Erbsen in den Mund schiebt. Erbsen mochte er nie. Er kaut und schluckt, als ob er gar nichts schmeckt. Ein Stein falle ihr vom Herzen, sagt Mama. So ein Stein. Ich denke daran, dass ich Petze von Beruf bin, und stopfe mir Erbsen in den Mund, bis ich garantiert nichts mehr sagen kann.

Als Jannis seine letzten Kartons bei mir abholt, halte ich ihn am Arm fest.

»Setz dich nochmal.«

Er sieht mich einen Moment verwundert an, lässt sich aber auf seinen alten Platz am Küchentisch nieder. Sein Blick schweift zufrieden über die Möbel, als hätte er die Küche eingerichtet.

Ich setze mich gerade hin.

»Jannis, glaubst du, dass du die ganze Zeit träumst? Glaubst du, dass du … mich träumst?«

Einen Augenblick passiert nichts. Dann sagt er: »Wow.«

Er hebt die Hand und streicht über meine Wange, betrachtet anschließend seine Fingerspitzen.

Gleich wird er aufstehen, die Kartons nehmen und gehen. Sie werden ganz leicht für ihn sein. Sie werden überhaupt nichts wiegen.

Ich sage ihm nicht, dass ich ihn angelogen habe in der Nacht. Dass es meine Schuld ist und ich ihn jetzt bestimmt wecken könnte. Sofort. Ich könnte ihm noch eine knallen. Mein Arm ist ganz kraftlos. Ich bin die Ältere, will ich sagen, es hat mich zuerst gegeben, aber Jannis zieht seine Gedanken bereits von mir ab, und als ich endlich die Hand heben kann, schimmert der Küchentisch durch.

Der Verlag weist ausdrücklich darauf hin, dass im Text enthaltene externe Links vom Verlag nur bis zum Zeitpunkt der Buchveröffentlichung eingesehen werden konnten. Auf spätere Veränderungen hat der Verlag keinerlei Einfluss. Eine Haftung des Verlags ist daher ausgeschlossen.

Dieses Buch ist auch als E-Book erhältlich.

MIX
Papier aus verantwortungsvollen Quellen
FSC® C014496

Verlagsgruppe Random House FSC® N001967

1. Auflage

Neumarkter Str. 28, 81673 München
Umschlaggestaltung: buxdesign | München
unter Verwendung eines Motivs von © plainpicture/Paul Abbitt
Autorenfoto: © Heike Bogenberger/autorenfotos.com
Satz: Buch-Werkstatt GmbH, Bad Aibling
Druck und Bindung: GGP Media GmbH, Pößneck
Printed in Germany
ISBN 978-3-630-87526-2

www.luchterhand-literaturverlag.de
Bitte besuchen Sie unseren LiteraturBlog
www.transatlantik.de
facebook.com/luchterhandverlag
twitter.com/LuchterhandLit